骄阳似我
·下

顾漫 ◎ 著

九州出版社

CONTENTS
目录

第 一 节 · 001
第 二 节 · 008
第 三 节 · 014
第 四 节 · 020
第 五 节 · 027
第 六 节 · 035
第 七 节 · 042
第 八 节 · 051
第 九 节 · 057
第 十 节 · 063
第十一节 · 070
第十二节 · 076
第十三节 · 084
第十四节 · 090
第十五节 · 097
第十六节 · 106
第十七节 · 112
第十八节 · 119

目录
CONTENTS

第 十 九 节 · 126
第 二 十 节 · 133
第二十一节 · 140
第二十二节 · 147
第二十三节 · 154
第二十四节 · 160
第二十五节 · 166
第二十六节 · 173
第二十七节 · 181
第二十八节 · 189
第二十九节 · 194
第 三 十 节 · 200
第三十一节 · 205
第三十二节 · 212
第三十三节 · 217
篇外　云起 · 223
篇外　序章 · 232
篇外　与光 · 248

第一节
JIAOYANG
SIWO

最近几年的春节,我和妈妈都是在舅舅家过的,今年也不例外。最后一天班一上完,我没回无锡,直接就奔去了南京。

姜锐同学不知怎么了,今年格外的热情,居然抢了老张的差事,自己开车到火车站来接我。

一出站我就看见了他,他站在人群里热情地朝我招着手,笑得像一朵花一样,然后就径直朝我冲了过来,一把夺走了我的小行李箱。

"等等!"我抓住行李箱,怀疑地上下打量他,"姜锐,你这么热情干什么,不会做了什么对不起我的事吧?"

他"切"了一声:"我看见你激动都不行啊?"

他肯定做了什么对不起我的事……

一路上姜锐都神经兮兮的,神情好像偷到了隔壁的猫,到停车场取了车,开了好长一段路,他还是这个样子。

我没好气地说:"姜锐你能有点正常的表情吗?"

姜锐挤眉弄眼地说:"我发现一个大秘密,关系某人的终身,要不要听?"

我瞥了他一眼,他贼兮兮地朝我眨眼。我无可无不可地说:"好啊。"

我随口应付,没想到他还得意了。

"那求我啊。"

我顺手就狠狠地敲了下他的脑袋:"求得你开心不?"

"切,不想听拉倒。"姜锐捂着头说,"你别后悔啊聂曦光,晚知道一天就少高兴一天啊。"

"呵呵。"我回了他两个字,表示对他的秘密一点兴趣都没有。

大概因为是年节,路上特别堵,到新街口的时候车子彻底走不动了。我撑着下巴看着车窗外热闹拥挤的街市,忽然灵光一闪。

"姜锐,我们找个地方停车,我要去买点东西。"

姜锐吓了一跳:"大姐,现在?"

"是啊,你不是说我妈和舅妈去买花了吗,反正回去也没人,跟我去买东西啦,就那边!"

我一指前方南京最大的商场。

姜锐一脸不乐意地被我拖进商场。

"你不是从来不逛这些奢侈品店吗?办年货也不用来这种地方吧。"他打量了一下商场,"难道你自己赚钱了想送礼物给我?"

我无情地告诉他:"你想太多了。"

"哦,我知道了,是想碰运气,看看能不能碰见某位帅哥?"他的表情一下子又贱兮兮的,"记得某位帅哥的家离这也不远啊,大过年的出来逛逛也很有可能嘛。"

一瞬间,我就知道他说的是庄序,心里好像还是被扯了一下,然后我咬牙切齿地说:"我是叫你来帮我参谋礼物的。"

"送、男朋友的礼物。"我加重语气说。

姜锐摇头晃脑的动作猛然顿住,呆呆地重复:"男朋友?"

"你、你有男朋友了?"

我得意地点点头,看他一脸震惊的表情又有点不爽:"你姐姐我好歹也是貌美如花才华……也有那么一点点,有男朋友很奇怪吗?"

"是谁?"他追问,紧接着露出恍然的表情,"难道就是庄……"

我及时打断他:"他叫林屿森。"

他又愣住,脸上高兴的表情都来不及收起来。我其实不太明白为什么他会猜庄序,还这么高兴,压着心里一点点异样,耐心地跟他解释。

"就是上次我跟你说过的那个,我的顶头上司啊。"

他还是那副愣愣的表情。

"什么时候?"

"其实还没几天啦。"我忽然觉得有点不好意思,这么快刀斩乱麻地谈了个恋爱好奇怪哦。

"没几天?"

"一个月都不到呢。"我想起什么,"对了,不准告诉我妈。"

"为什么?"姜锐脱口而出,"你不是认真的?"

"不是你个头,我是因为……"我停住口,没说下去。和林屿森的那些事情,仔细说起来难免要扯到那对讨厌的母女,还要扯到爸爸,大过年的干吗惹妈妈又想起这些烦心事。

还是暂时不要说比较好。

我懒得跟姜锐解释:"反正你先别说就是了。"

我还是第一次给一个除亲戚以外的男人买东西,逛了几家店都没什么看中的,无意中一抬头,看见了林屿森常戴的表的那个牌子。

我把姜锐拖了进去,扫了柜台几眼,眼前一亮:"姜锐,这个表好不好看?"

他看看表,又看看我,一时没有说话。

"给个意见啊。"

姜锐勉强地说:"送手表太普通了吧,感觉很没新意。"

我苦恼地说:"我也知道送表太普通了,可是,他抬起手腕看表的姿势太帅了啊。"

脑海中不由地浮现出林屿森各种看表的姿势,一瞬间有点走神。等察觉姜锐那奇怪的眼神,才发现自己居然双手撑住下巴盯着柜台里的手表发了好长一段时间呆。

好羞耻……

我赶紧回神,假装没事似的把手收回来,让柜台小姐拿出了那块表。

回家的路上姜锐异常沉默,目光发直地呆视前方,不知道在想什么。

我拿手在他眼前晃了晃:"姜锐,姜锐?"

姜锐扭头对我说:"我忽然发现,也许,一个人一个无意间的行为,会改变其他人的一辈子。"

"……哦,真是个大发现啊。"

他有点愣怔地看着我,然后又不说话了,还叹了一声气。

弟弟忽然变成了忧郁的青年,前方又是漫长的红灯,我百无聊赖,只好跟林屿森吐槽。不过打开手机就忘记了要吐槽这件事,转而变成了邀功。

"我今天给你买礼物了哦！"

很快他就回复："一下车就去给我买礼物了？"

"是的！"

他没再回复，电话却在一下秒响了，看着来电显示上的名字，我颇有点无语。电话一接通，他直接就问："什么礼物？"

"你不是要赶飞机吗？之前说好送我到南京都取消了，怎么有空打电话啊？"

"聂小姐批评男朋友不讲逻辑？赶飞机和打电话有什么冲突？而且是谁说坐长途飞机很累，让我不要来回折腾的？"

我也是这几天才知道，原来林屿森的父亲早已过世，他妈妈旅居瑞士，他每年春节都是飞瑞士和他妈妈一起过的。

他明天一大早的飞机，今天还想先开车送我到南京再回上海，我当然拒绝了，路上那么堵不说，就算不堵，来回也要六七个小时呢。

不过虽然我的内心和行动都如此善解人意和体贴，嘴上却忍不住要强词夺理一下："哦——我随便说一下，心里还是盼望你送我的呀。"

他在那边笑了："那真是非常抱歉，没想到聂小姐竟然是在口是心非。我经验不足，下次不会犯这种错误了。"

唉……我老是说不过他。

他在那边肯定得意得很，居然又追问我："你给我买了什么礼物？"

我心想你这也太急了吧，按照你一贯的沉稳作风，难道不是应该等我送上礼物，随手一接说声谢谢，这样才有腔调吗？

心里如此腹诽，嘴上还是老实地交代了。

"是一块手表。"我觉得这礼物实在没什么新意，于是说话声音有点弱弱的。

他却饶有兴致地开始询问详情："什么颜色和材质？"

"黑色的，金属啊，表带是皮的，和你手上戴的牌子一样。不过比

第一节

你的好看哦，应该是新款吧。"

他蓦然笑了："聂小姐出手这么大方，我颇有压力啊。"

我和林屿森的对话被后面一长串喇叭声打断，我这才发现前面的红灯已经变成绿灯，姜锐却一直没有开车。

他不等我提醒，一踩油门开了出去。再看手机，电话被我无意中挂断了。我只好改成跟林屿森发信息——"今天我和姜锐，就是我弟弟，说了和你的事情后，他一直奇奇怪怪的，难道我弟有恋姐情结？"

林屿森回复了我一个问号。

哼，我只是开玩笑而已，他这什么回复啊？

然而没过几分钟，他的回复又来了——"过几天把你弟弟带来我看看。"

我忍不住笑了。

"你很大牌嘛，还要我把弟弟带去给你看，要看自己来啊。"

过了新街口，路就没那么堵了，很快就到了舅舅家。

我妈他们还没回来。站在客厅里，姜锐忽然说："姐，你要不要去厨房跟张阿姨聊一聊？"

我愣了一下："啊？"

"她挺想你的。"

"哦。"我奇怪地看着他，他这提出的时机也太突兀了吧。我忽然想起来他之前说有个大秘密。

"你之前说的大秘密是什么啊？"

"没什么。"姜锐过了好一会才说，"我先去楼上静一静。"

然后他就走了。

静⋯⋯你静什么静啊⋯⋯

我莫名其妙地去了厨房。

张阿姨正在厨房里打鱼丸，我一看见就口水直流。张阿姨看见我两眼发光的样子，笑眯眯地说："今年做了三条鱼的鱼丸，都是十来斤的大青鱼，回头你们回无锡带上几袋，我都准备好了。"

"好啊，我最喜欢吃自己家做的鱼丸了，阿姨我帮你打。"

打鱼丸是个体力活，幸好我被林屿森折腾了一阵后力气都变大了，打个鱼丸妥妥的完全不在话下。

卖力地打着鱼丸，阿姨问起我工作上的事情，我忍不住跟她说："我的上司可讨厌了，一直故意找茬，让我加班啊什么的。"

阿姨很气愤："那怎么行，每天加班多吃苦啊，咱们不用受这个气，投诉他，再说那公司不是聂先生有股份吗？"

我唉声叹气宽宏大量地说："算啦，看在他帅的份上，原谅他了。"

张阿姨严重不同意我这种看脸原谅人的作风，再三强调不能姑息这种恶劣的上司，我自作孽不可活，不得不答应年后就去投诉我的上司兼男朋友。

张阿姨这才满意了，放过这个话题，又聊了一会别的，她突然想起什么似的问我："你和姜锐去留学好不好玩啊？"

留学？我怔了怔。

"是游学啦。"我纠正她。

"哦哦，游学游学，我年纪大了弄不清这些。"

"蛮好玩的。"我回答着她，搅拌了几下鱼肉，忽然停住了动作，心头莫名地闪过一丝异样。然而还来不及去追寻这异样从何而来，就听到外面传来了喧哗的人声。

我妈他们回来了。

第二节
JIAOYANG
SIWO

过年没什么好说的，反正就是吃吃喝喝看春晚。除了爸爸的电话让人略扫兴外，一切都很美满。

还记得第一年没和爸爸一起过春节的时候，半夜躺在床上，听着外面的鞭炮声，我躲在被子里哭得稀里哗啦，然而如今听到他说因为日本大雪暂时无法回国的消息，心情却淡的好像连难过和失望都没有了。

大概是习惯了吧。

姜锐同学在奇怪了一阵后好像恢复了正常，结果除夕夜我们吃完年夜饭去院子里放烟花的时候，他忽然冒出来一句——

"前天你跟张阿姨聊得怎么样啊？"

我傻了一阵："张阿姨……怎么了？"

姜锐抬头看着夜空中绽放的烟花沉默不语。我懒得管他，拿出手机打电话给林屿森，我挺好奇他那边到底是什么时候过除夕，是同步呢还是到晚上？然而电话才接通，姜锐忽然扭头，认真地对着我说："姐，万一，我是说万一，你要是分手了，立刻告诉我啊。"

烟花爆竹声有点响，所以姜锐说话的时候刻意凑近了我。我看了一眼电话，默默挂了，拿起手里的长烟花就打了姜锐一顿。

他抱着头在院子里乱窜："我是说万一啊。"

还敢继续胡说！我追着他打："万一也不行。"

姜锐停住脚步："你好像还挺认真的。"

"……这种事怎么可以不认真啊。"

搞不好就是这位先生陪伴我度过终生啊。哦不对，这应该说"搞得好"才对？

姜锐又沉默了。

手机响起来，我也懒得管他了，接通电话，那边林屿森幽幽地说："你弟弟的确对我意见很大。"

我笑吟吟地说："谁叫你以前欺负我啊，我跟他告过状的。"

姜锐这时又慢慢地踱了过来，像只大狗似的蹲在我身边，全神贯注地看着我和林屿森打电话。我被他看得浑身不自在，本来还想指责下林屿森没先打电话给我呢，这下完全说不下去了。

"春节快乐，等一会再打给你。"我匆匆挂了电话，也蹲下和姜锐对视，"你到底怎么了啊？"

我有点苦恼。

是不是我之前把林屿森形容得太恶形恶状了才导致弟弟这么担心？我反思了一下，解释说："其实他人很好的，之前是有点误会，你看见他就知道了。"

姜锐蔫蔫地说："不是都不到一个月吗？都需要我出面了？"

……

我们这边要到结婚时才用"出面"这种说法，而且一般是指长辈见面，姜锐同学也太给自己面子了吧。

我一阵无语，感觉可以再揍几下，低头开始找刚刚扔掉的那根烟花，耳边却听见姜锐低声地说——

"我只是不想你……错过。"

最后两个字轻之又轻，我好不容易才听清，但是并不太明白他什么意思，也懒得细究。大过年的不想揍弟弟了，我拉他起来："走了，去看春晚，你喜欢的谁谁谁不是要唱歌嘛。"

姜锐的奇形怪状贯穿了整个春节，包括但不限于盘问我各种恋爱细节，忽然热衷于逛街等等。初一初二我回了一趟无锡，给爷爷奶奶拜年，初三回南京后，他几乎天天拉着我逛街，从早到晚，而且是在重复的新街口！

我觉得我腿都快断了，人都要被寒风吹老了，然而他还是像一只脱缰的哈士奇似的拖着我到处乱窜。

我拉住他的手赖住不走了："弟弟啊，你上了一个大学，怎么人生观都改变了啊？不是说好男子汉大丈夫，说不逛街就不逛街的吗？"

他瞅了我几眼："我有一个决定很难下，决定交给上天。"

"啊？那么跟每天逛街的关系是？"

"看看能不能碰见他。"

……

搞了半天原来是恋爱了！还是单相思？

我顿时"满血复活"，感觉为了看一眼弟弟的"她"能再战三条街："她也是南京人？你大学同学？住在新街口这一带？"

正絮絮叨叨盘问，姜锐忽然一拉我，紧张地看了一眼人群中，对我说："姐，帮个忙。"

"什么？"

"过一会万一有人叫我，你装下我女朋友。"

一种被雷劈到的感觉贯穿我全身。姜锐拉住我的手就掉头，我忍不住回头张望，正见一个姑娘踮起脚惊喜地喊着："姜锐。"

然后她踢踢踏踏地跑过来，看见我，神色瞬间黯淡了："你真的有女朋友啊……不给我介绍一下吗？"

姜锐一脸坦然地说："她叫小光。"

姑娘羡慕又黯然地看着我："你真幸运，姜锐真的很喜欢你啊，他手机屏保都是你呢。"

"……"

我立刻扭头看姜锐，姜锐一脸"完蛋了"的表情。

姑娘依依不舍地走了，我立刻朝姜锐伸出手："手机给我。"

姜锐摸出手机给我，我点了一下，屏保是只猫。

"拜托，我早就换了好不好，就她在的时候用一下。你知道对一个青春少男来说，一拿起手机就看见自己姐姐的脸多么惨痛吗？"

"呵呵。"

我懒得说他什么了。拿我当挡箭牌还委屈啦？

"什么情况？"

"不喜欢呗，对方又太执着。"

我真讨厌他这样，忍不住打击他："你就得意吧，别改天人家不喜欢你了你又后悔。"

第二节

姜锐忽然看着我，表情很认真："就像你现在已经不喜欢庄哥那样？"

我蓦然有些烦躁，不明白姜锐到底怎么回事，这几天总是这么频繁地提起庄序。我斩钉截铁地回答他："是。"

姜锐叹了口气，抬头看了看天，好长一会儿，他双手一插兜，转身就走："回去了。"

"等等等。"我追在他身后，"你不是还要偶遇谁吗？那个又是谁啊，有照片吗？给我看看啊……"

他的脚步越走越快，我气喘吁吁地追着："少年你不要这么快放弃啊，说好偶遇的呢？"

他蓦地又停住脚步，我差点撞上他的背，他回过身来点点头说，"你说得对。"

我："啊？"

什么？

他："继续逛。"

一小时后。

"弟弟我对你的暗恋对象没兴趣了，我们回去吧？"

两小时后。

"弟弟我觉得你们不太有缘分……要不前面碰见的妹子你考虑一下？"

假期总是过得飞快，眨眼就是初六。初八就要上班了，可怜的我却将大好春假浪费在了重复的新街口。

林屿森跟我报备，他初七下午四点落地浦东，不过去苏州却要到初九了，因为家里有个宴会什么的要参加。

所以说大家族就是事情多，远不如我家这种"暴发户"轻松呀。

晚上大家一起吃饭，我一边吃一边严肃地警告姜锐："今天吃完绝对不和你去新街口夜游了，看电影也不去。"

姜锐有气无力地说："我也放弃了好不好。"

老妈天天快乐地应酬和打麻将，现在才发现我们最近行为异常："你们两每天出去就是去新街口？有什么好去的，也没见买什么东西。"

我卖了一会儿关子，最后在姜锐警告的眼神中无情地出卖了他："弟弟长大了呗。"

舅舅看了姜锐几眼，表情挺欣慰的："大学谈一个也不错。"

姜锐一脸含冤莫白的表情。

我正朝他做鬼脸，我妈妈忽然将炮口对准我："你也该找一个男朋友了。"

我严肃地说："找找找，我一定要找一个又帅又帅又特别帅的。"

我明明是在开玩笑，我妈妈却皱起了眉："人品最重要，脸有什么用。"

我一下子就想到了我爸，他不就是年轻时候特别特别帅么……于是心里有点堵堵的，也不跟我妈妈胡说八道了，老实地说："知道啦。"

舅舅问我："你明天什么时候走？"

"随便什么时候啊，吃了午饭吧。"

"那你跟我的车走吧，明天晚上我去上海参加盛家老头子的寿宴，正好顺路先送你到苏州。"

盛家？寿宴？

难道就是林屿森说的那个宴会？！

我来不及深思，连忙举起手："我也要去！"

大家一齐被我吓了一跳，四脸惊讶地看着我。我想起以前我对各种宴请能避则避的态度，也有点点心虚。

"就是去看看。"我弱弱地解释了一句。

他们一脸不信的样子。我咳了一下："妈你不是让我去找男朋友嘛，去看看说不定能找到合适的呢。"

其实是现成的啦。

我心情飞扬起来，兴高采烈地对姜锐说："快点吃，晚上新街口走起！我要去买小礼服！"

第二节

第三节
JIAOYANG
SIWO

我完全没跟林屿森提我要去参加宴会的事。

忽然出现吓他一跳才有意思嘛。

寿宴在黄浦江边一家会所里举办，舅舅本来打算下午从南京出发直接过去，但是由于带上了麻烦的我，不得不提前很久，两点多就到了上海。

黄阿姨已经在酒店大堂等我们了。

老妈在上海也有一些物业，这个黄阿姨一直帮她打理杂务，这次也帮我安排了化妆师、造型师什么的。

我以前不喜欢去这类场合也有这个原因，特别的麻烦，从头到脚撸一遍大半天就过去了。可是如果要在宴会上出现在林屿森面前，那必须盛装打扮一番才可以啊。林先生总是人模人样的，我也不能太逊色才对。

不知道林屿森参加这种宴会是什么样子……不过他平时就衣冠楚楚的，正式场合只会更讲究吧。

我认识的所有男性生物里面，最爱打扮的估计就是他了……

化妆师认真地涂抹着我的脸，我看看时间差不多了，发信息给林屿森："你下飞机了吗？晚上几点钟去宴会啊？"

没有回复。

"人呢人呢？还没下飞机？"

过了几分钟还是没回复，我忍不住去查了下他的航班。

果然延迟了，预计要到五点多才落地了。

那他今天还来得及好好打扮吗……

又化妆又弄发型什么的，时间过得飞快，五点半的时候，林屿森的电话过来了。

"我才落地，飞机晚点了。"

"哦，你不是要参加宴会吗？来得及吗？"

"我从机场直接过去，应该差不多，你到苏州了？"

浦东机场到宴会的地方要一个小时左右，那他应该和我差不多到？

第三节

015

我一边算时间一边随口糊弄他："没有啊，我还在车上呢。"

"大概几点到？东西多吗？我让师兄去接你？"

你使唤方师兄也太顺手了吧！

我担心再说下去就要被他发现马脚，三言两语打发他："不用啦没什么东西，我快下车了不跟你说了，宴会上多吃点拜拜拜。"

我飞快地挂了电话。

造型师拿着我昨天飞速买的几条小礼服等在旁边，看我挂了电话，含笑说："这几件小礼服都很不错，要不鹅黄色这件长裙？这个颜色做得真好，清新亮丽又不会太过。"

我也最喜欢这件，换上之后看着镜子里的自己，又有点犹豫，黄色会不会太显眼了？我毕竟是要去吓林屿森一跳的，可不能才进去就被发现了。

想了又想，最后我忍痛割爱："还是黑色的吧。"

哎……这么磨磨唧唧的我一定是被林屿森传染了，这不是典型的领带都要换几条的林氏风格吗？

再次换好衣服，造型师又根据衣服小小调整了下发型，我就和舅舅一起出发了。

七点是个餐前酒会，正宴八点才开始，我们路上没堵车，七点出头就到了，以为这么早应该还没什么人，结果到了门口，车子都堵住进不去了。

舅舅感叹："这几年盛远是赚大钱了，这么多人。"

堵了快有十分钟，我们才顺畅通行，大堂门口一下车，一个中年男子快步迎上来，笑容满面地跟舅舅打招呼。

"老姜。"

舅舅应该跟他很熟，开口就是打趣："哎哟我们大张总今天也下场当迎宾了？"

张总拍了拍他肩膀，开玩笑说："老爷子的盛会嘛，小的我当个迎宾也是荣幸啊,再说咱们姜总来,我可不得好好伺候着?这位是?"

舅舅介绍我:"我外甥女,聂曦光。曦光,你喊张叔叔就行。"

我收回下意识在人群中四处张望的目光,朝他礼貌地笑了笑:"张叔叔。"

张总若有所思地打量我:"这是聂总的千金?"

舅舅呵呵一笑,张总立刻收住了话题,做了一个请的姿势,带着我们往里面走。

宴会厅外的餐前酒会已经非常热闹了。

舅舅带着我一路寒暄个不停,无可避免地把我介绍了又介绍。大部分人我都只需要点头微笑就行,不过也有个别热情过度的阿姨直接拉住了我的手,笑容满面地把我从头夸到脚:"哎呀,原来这就是程远家的千金,我还是第一次见呢,这么漂亮,怎么不多出来玩玩?"

我继续微笑,做矜持状。

舅舅代我回答:"之前一直在念书,才出来工作。"

"在哪里读的,留学回来的吧?"

"就国内念的,自己考上的。"舅舅报了下我的大学,那个阿姨又夸了一通,问我在上海待几天,让她刚刚留学回来的儿子带我好好玩一玩。

舅舅打着哈哈说:"明天一早就回去了,回聊,我们去跟主人家打个招呼。"说着连忙把我带走了,边走还边说:"她儿子是出了名的花花公子。"

他说了个名字,万分慎重地叮嘱我:"就叫这个名字,万一以后碰到躲远点。"接着又很愤怒,"她怎么好意思提她儿子,也不怕祸害人家女儿,以后跟她做生意也要多留个心眼,搞不好就产品质量不过关,以次充好。"

我忍笑安慰他:"也算看清楚她的为人了。"

舅舅十分赞同地点头。

舅舅带着我去跟盛家的人打招呼。盛家人丁很兴旺的样子,除了上

第三节

次从爸爸嘴里听到的盛伯凯,还有盛仲凯、盛叔凯什么的,反正按着舅舅的指示喊人就是了。

盛伯凯是个微胖的中年男子,笑呵呵的很和气:"老聂不厚道啊,我儿子他见了很多次了,自己女儿倒是藏着。"

舅舅打着哈哈:"曦光一直在南京念书呢,不怎么爱出来玩。"

"现在的年轻人,静得下心来得不多了。"他夫人面带微笑朝着我说,"我家行杰年纪和你差不多,也安静得很,一会介绍你们这些小辈认识。"

盛行杰?

那不是容容的上司吗?

耳边听着他们你来我往地寒暄,渐渐地我开始心不在焉起来,目光不由自主地在人群中搜索,怎么还不见林屿森,难道他堵车了还没到?

正寻觅着,门口忽然有了些动静,我心中一跳,立刻转头看去,果然,是林屿森到了。

大概因为刚坐完长途飞机,他神色间带了一丝疲态,和平时精神奕奕的样子完全不一样,却又别有一番倦怠的英俊之气。他被热情的宾客拦在了入口处说话,侧对着我,脸上带着礼貌的笑意。

我远远地看着他。

其实有时候经常觉得,林屿森和我在一起的时候,和他一个人的时候,不太一样,大概是站立的姿势太过挺拔,总给人一种明明很温和又有点不可接近的感觉。

嗯……我形容不好。

就比如说他现在,如果我是今天在宴会上第一次见到他,哪怕目光立刻会被吸引过去,估计也生不出勇气去认识他吧。

所以……

怪不得他打了那么久的光棍!

我忍不住又想笑了。

"曦光，你看什么呢？"

听到舅舅的问话，我转过头，却见盛伯凯夫妇也神色复杂地盯着林屿森。感觉到我的目光，他们回头笑了笑，打了个招呼，便去招待别的客人了。

我拉了拉舅舅。

"舅舅，我在看他。"我指了指林屿森，"这个人你认识不认识啊？"

舅舅看了一眼，居然认识："见过一面，是老盛总的外孙。"

世界真小啊，不过那太好啦。

"那你带我去认识一下好不好？"

舅舅被吓了一跳，惊诧地看着我："你、你想干什么？"

我一本正经地说："没什么啊，就是他很帅，我想找他当男朋友。"我点点头补充，"你忘啦，我妈让我找的，我觉得他就不错，好有眼缘。"

舅舅整个人都不好了。

我使劲憋住笑意，无比认真地看着他。

舅舅左右看看压低了声音："你妈让你找，可是你也不能路边随便逮一个啊。"

我辩驳："哪里是路边？你看人家身世来历我们都知道了，人长得也帅，而且看上去就人品很好的样子。"

我真快憋不住笑了，拖着懵掉的舅舅就想往林屿森那边走。舅舅一脸"我在哪里我在干什么"的表情，都没想起反抗。正在这时，却看见一个穿着中山装的老人在一个年轻人的搀扶下出场了。

舅舅连忙拽住我，大松了一口气："待会待会，老盛总来了。"

第四节
JIAOYANG
SIWO

盛老爷子的出场立刻吸引了全部目光，我故意往林屿森的视线死角躲了躲，不想被他先发现。

不少宾客迎上去向盛老爷子问好，有个中年人声音特别嘹亮："我们老寿星出来了。"

老爷子喜气满面，笑着说："我们今天可不兴说这个老字。"

中年人连忙告罪："我说错了，该罚该罚。"

那边热闹得很，舅舅也就不急着上去问候。

这时张总又来到了我们身边，舅舅低声问他："老盛总一向低调，今年也不是整寿，怎么这么大张旗鼓？你们公司内部也来了不少人吧？"

"公司高层都来了。"张总低声说，"老爷子前阵子进医院疗养了一阵。"

舅舅一脸意会："这是要交棒了？旁边那个年轻人是？"

"盛行杰，长子长孙。"

这人就是盛行杰啊？我不由打量了一下盛老爷子旁边的年轻人，长得还可以，一脸的志得意满顾盼神飞。

"直接交第三代啊，也对，也三十了吧，正是青壮，现在是年轻人的世界了。"

舅舅说着看了我一眼，忽然指了指人群中："那个年轻人，我没记错的话，是老盛总的外孙吧？"

张总看过去，点头，声音更低了："能力其实远远……以前还是个医生，之前一个项目出了大问题，他刚来一接手居然解决了。"

"难道是置地那个项目？你们做得挺漂亮。"

张总点点头："其实有点冒进，不过结果不错，他升得也快，之前类似的场合，老爷子总是把他和盛行杰一起带身边的，我们还以为……"他叹口气，"不过一贯如此了，二十几年前面的那个林总，不也是……"

前面那个林总？我疑惑地看向他。

张总自知失言，不再往下说了，最后却又意犹未尽地补了一句："家族企业……有个外字，以后难免要看人脸色吃饭了。"

舅舅眼神又一次瞥向我。

我朝他扮了个鬼脸。

第四节

盛远是盛家老爷子一手创办的，当然是他想给谁就给谁，以我对林屿森的了解，他才不会在乎这个。

然而这个宴会上来了不少盛远的高层，大概都和张总一样的想法，在盛老爷子和盛行杰出现后，视线便不停地在盛行杰和林屿森之间来回。盛行杰似乎也感受到了场上异样的气氛，忽然遥遥地朝林屿森举了举手中的酒杯。

林屿森举杯回敬。

盛行杰却哼笑一声，没有喝，把酒杯放在了服务生的托盘上，换了一杯酒。

他的动作一下子吸引了全场的注意力，无数目光落在林屿森身上，探究的，同情的，得意的，看好戏的……

我被盛行杰一连串的动作弄得目瞪口呆，简直快要气死了。

我早该想到的，上次老大的婚宴上，容容不过是盛行杰的二秘，就敢对林屿森话里话外冷嘲热讽，她的态度从何而来？必然是上行下效，耳濡目染。

我朝林屿森那边看去，刚刚还围着他聊天的人已经散开，他独自站在那里，手指搭着酒杯，嘴角噙着一抹笑容，仿佛对宴会上评判的目光毫无所觉。

我的目光忍不住落在他修长的手指上。

蓦然一阵心疼。

如果不是车祸，他现在还是那个意气风发的外科医生，才不会站在这里，受众人的同情和揣测。

什么看人脸色吃饭，他需要吗！

我转头就问舅舅："舅舅，我们不用去跟长辈祝贺吗？"

舅舅带着我走向盛老爷子。

林屿森这下终于看见了我，他神色一怔，立刻放下酒杯朝我们走来。

我拖着舅舅加快脚步,赶在他过来之前,礼貌地朝盛老爷子打招呼。

"盛爷爷好,祝您福如东海,寿比南山。"

盛老爷子笑呵呵地:"好好。"

他看向我舅舅:"姜总,我记得你只有一个儿子啊,这是?"

舅舅回答:"这是我外甥女曦光,我妹子和程远的女儿。"

盛老爷子打量我:"我想起来了,几年前,在无锡见过,又漂亮了。"

舅舅也笑呵呵:"女大十八变。"

我故意动作大大地扯了扯舅舅的衣服:"舅舅,你帮我问一下啊。"

舅舅一开始不解,然后我眼睛示意了一下正在努力穿越人群的林屿森。

舅舅脸上表情一下子变了,连忙阻止我:"回头再说,回头再说。"

"你现在就问,先下手为强,万一一会儿也有别人看上他呢。"我声音小小的,不想引起很多人注意的样子,但是正好能让盛老爷子听到。

盛老爷子好奇:"问什么?看上谁?"

舅舅快要语无伦次:"就是她,她那个,年轻人嘛,想多认识一些朋友,那个,你外孙,多大了?"

最后一句话一出口,舅舅立刻闭紧了嘴,懊恼地好像想打自己一拳。

周围的宾客一下子都安静了。我忍笑得难受,而林屿森——他骤然停住了脚步,只惊讶了一瞬便笑开了。

他从容地走到我面前:"我二十九,姜小姐呢?"

我皱了皱眉,有点遗憾地说:"快三十了啊?那有点大……哎,我不姓姜。"

"抱歉,我以为是姜总的千金。那么请问小姐?"

"我姓聂。"我大方告诉他。

"聂小姐。"他念了一遍,看着我的眼睛里带着光,"聂小姐好像对我的年龄不满意?"

"不是啦。"我叹气说,"只是觉得这个年纪,一般都有女朋友了。唉,你有吗?"

"有。"

我点点头:"那算了,舅舅我们走吧。"我挽住舅舅的胳膊一脸要走开的样子。

第四节

舅舅懵懵地被我挽住转了个身,然后就听林屿森在我们身后说。
"她也姓聂。"
我低头闷笑。舅舅这下终于察觉到不对了,猛然回身,眼睛在我和林屿森之间看来看去,惊疑不定。
林屿森这下正经起来,走到我家饱受冲击的舅舅面前,礼貌地问好:"姜叔叔您好,我叫林屿森,是曦光的男朋友。"
舅舅脸上的表情再没有这么精彩过了,搞得我突然有点担心宴会结束后我该怎么办了。
舅舅呆呆地和林屿森握了握手。
"姜叔叔,我能不能带曦光和外公打个招呼?"
舅舅呆呆地点了点头。
于是我就被林屿森拉着手,带到了盛老爷子面前。
"外公,曦光是我女朋友,刚刚我们在闹着玩。"
老爷子久经沙场,反应速度比我舅舅快多了,他迅速收起眼中的诧异,重新打量了我一下,欣慰地点头:"好,好,快三十了,终于找到女朋友了,以后我也可以放心了。"

周围终于从绝对的安静中复苏了,响起了一些窃窃私语。
"这是谁?"
"听说是聂程远的女儿。"
"他家是独生女吧?"
"是啊,就一个女儿,这可有意思了。"
来宾众多,老爷子说了两句便要去应酬下一波了,临走却扔下一句话:"明天家里还有个小型家宴,曦光也来吧。"
我下意识地点点头,等反应过来是什么意思,他人都走了。
我去参加家宴……不合适吧?
我看向林屿森,又看向终于反应过来跑过来镇场的舅舅,舅舅想要说什么,又看林屿森在,最终变成了一记瞪眼。
对我……

张总在一旁十分尴尬的样子，拍了舅舅一掌："原来你们早把我们林总收入囊中了，你瞒着不说就算了，还装不认识？"

舅舅也不好说他完全不知道，破绽百出地解释："这不，我也不知道他长相呢。"

张总哈哈一笑："以后咱们可就更亲近了啊，有啥得罪的地方可别放在心上。"

最后一句话却是看着我说的，多半是因为之前他点评林屿森的那一番话，然而他不过实话实说，我当然没啥好介意的，便朝他笑笑。

张总顿时松弛了下来，打趣我们："你们这一出，可把今天的风头都抢去了一半。"

他这么一说，我才发现我们已经成了全场另一个焦点，各种目光若有似无地朝我们飘来，偶尔一个转眼，居然还对上了盛行杰。

我默默地收回目光。

林屿森适时地开口："姜叔叔，我能不能带曦光去外面透透气？"

我连连点头，眼巴巴地看着舅舅。

舅舅大概也感觉到了周围异样的气氛，无奈地同意了："去吧，正式宴会前回来。"

林屿森握着我的手往厅外走。宴会厅里衣香鬓影，华服如云，我被身边卓然挺拔的男子带着越众而出，竟然莫名其妙有种仪式感……

呃，我赶紧抹掉这种奇怪的想法，低声说："好多人在看我们。"

"嗯。"

"你怎么这么淡定？"

"羡慕的目光，我为什么不淡定？"

"……"

话题终结。

出了厅门，空气都轻盈起来。

"我们要去外面吗？很冷啊。"

"不出去，跟我来。"

第四节

他拉着我沿着厅外的走廊往前走。

转了两个弯，走廊尽头竟然是一处三面落地窗的观景台，一侧遥对会场，正面对着夜色下的黄浦江，灯火绚烂美不胜收。

我被夜景吸引了，跑到落地窗前。

"好漂亮啊。"

林屿森走到我身边："和宴会厅是一个角度。"

"哦，那里人太多了，没注意看。唉……"说到宴会厅，我有点忧愁，"我都不想回去了，从来没这么高调过。"

林屿森居然跟着我叹气："谁不是呢？"

……

难道你很委屈？

我瞪他。他笑了，揽过我，低下头，我以为他要亲我，下意识地抓紧了他的袖子，然而他只是轻轻地用额头抵住我的额头。

呼吸相闻。

"为什么这么做？"

"啊？"

"刚刚在我外公面前，这么多人，说你是我女朋友。"

"不是你说的吗？我可是很矜持的。"

"嗯……很矜持地问我有没有女朋友？"

我忍不住笑："你本来就是我男朋友啊，宴会上这么多漂亮女孩子，我当然要宣示主权。"

林屿森轻轻笑了笑，反手牢牢地握住了我的手。

"不要担心我。"他说。

我看着他。

"那个地方。"他微微牵动嘴角，目光投向远处那个灯火辉煌的会场，然后转头看我，眼中满是意气风发。

"曾经志在必得，如今志不在此。"

第五节
JIAOYANG
SIWO

晚上的正宴我都没好好吃。

一方面是裙子有点紧，另一方面……我看着中途过来向舅舅敬酒并且聊起来就坐下没走的林屿森……

我到底该怎么跟舅舅开口，明天我不用他送我去苏州了，而是后天跟林屿森一起走呢？

我刚刚怎么就莫名其妙答应了林屿森留在上海玩两天啊？

寿宴结束的时候已经十点多了，我到底还是期期艾艾地跟舅舅提了，舅舅脸色一沉，直接带着我告辞走人。

回到酒店我就被舅舅拷问了。

"什么时候谈的？怎么认识的？"

"还没一个月，就是在苏州啊，他是我们副总。"

"谁主动的？"

我真一点都不想和舅舅这样的中年男人讨论这个问题啊，但是看他一脸严肃的样子，只好老老实实地交代："他。"

舅舅脸上的表情不知道是轻松了一点还是更复杂，他从沙发上站起来走了两圈。

"曦光啊，你这个年纪也该谈恋爱了，舅舅也不是要拦着。但是你今天看见了，盛家情况特别复杂。他们老爷子是旧式的人，他们盛家三代人，还一起住在静安那边一栋老宅子里，盛家三兄弟三妯娌，哪个都不是省油的灯……"

"等一下，舅舅，我现在只是才开始谈恋爱啊，你想这些也太早了吧。"

舅舅顿时怒了："才开始谈恋爱你在宴会上说是人家女朋友？"

我这不是气不过嘛……

我弱弱地辩解："他说的啊，我就让你介绍一下。"

"你还敢提，骗舅舅好玩是吧？"舅舅气不打一处来，"我让你妈跟你说。"说着就往外走。

"等一下，"我连忙追上去，"舅舅你能不能明天说啊……"

好歹让我有个缓冲啊。

回应我的是无情关上的门板。

我只好盯着手机,严阵以待老妈的电话。虽然做足了心理准备,但是手机铃一响,我的小心脏还是砰砰剧烈地跳动了两下。

结果定睛一看,居然是林屿森。

"下来吧。"

接通电话,他的声音笑吟吟的:"我在你酒店大堂。"

我披上羽绒服跑下楼,林屿森正等在电梯外面,神采奕奕的样子丝毫不见之前的疲倦。

然而一见到我,他的笑容就收了起来,严肃地盯着我上下打量着。我被他盯得产生了严重的自我怀疑……可我下来之前明明已经照过镜子了!

终于,他开口了:"我的礼物呢?"

说着他伸出左手,手腕上光秃秃的,以前的手表已经摘了。

我无语了。大半夜你来找我就是为了这个?!

"在楼上没带下来。"哪有这样上门逼债似的要礼物的啊,我不服气地反问他,"那我有礼物吗?"

"我也没带。"他认真地说,"要不你现在去拿?"

啥叫……去拿?

我有点怀疑自己是不是理解错误,有点迟疑地问:"去哪里拿?"

他的回答沉稳极了:"我家。"

我直接愣住了。

他不慌不忙地说:"其实我别有目的。"

我、我当然知道你别有目的,这大半夜的……但是你居然敢说出来?!

"是这样的,"他不疾不徐地陈述,"我的生活近期大概会有很大变化,所以房子也要做相应的调整,最近打算重新布置一下。"

"所以导致这一连串变化的聂小姐,要不要去参观一下并给点

第五节

意见？"

等、等一下，让我理一下。

他生活最近有点变化——起因是我——所以因为我——他要重新布置房子……

所以意思是……

这下我彻底反应过来了，趁着还没"自燃"，火速退后一步："我回去睡觉了拜拜拜。"

正好有一部电梯打开了门，我转身就想钻进去，却被林屿森眼明手快地一把抓住。

刚刚走出电梯的外国客人似乎被我们吓了一跳，惊讶地盯着我们，嘴里冒出一大串英语。

林屿森拦在我身前，也飞快地说了一通。事发突然，外国大哥又带着略重的口音，我一时没反应过来。等我认真去听，外国大哥已经一脸了然笑容满面地对我说："you can't be more beautiful！"

呃？什么？你已经无法更美丽？

林屿森笑着对他说了句谢谢，我僵硬地朝人家挥爪，等外国大哥走远了，我连忙问林屿森："前面我没注意听，你跟人家说什么？"

"我说这是我的女朋友，我们已经十天没见面，急着出去补过情人节，她却还要上去重新化个妆。"

"……"

所以那个外国大哥的意思是你已经挺好看了别上去化妆了？

我的内心一片无语，我的表情难以描述。林屿森莞尔，伸手揉了揉我的脸："走不走？保证安全。"

我觉得我对林屿森的信任大概已经登峰造极。被那个外国人一搅和，居然就迷迷糊糊跟着他走了。

直到老妈的电话追过来。

可那时我已经站在了他家门口……

手一抖接通电话,恰好林屿森打开门,回头正要说话……情急之下我一把捂住了他的嘴,他呆了一下,我把手机放他眼前晃了一下,他点点头,带着一点笑意,任我捂着,靠在了墙上。

呃,明明是我动的手,怎么感觉好像我是被调戏的那个……

我放下手,对着手机。

"妈……"

不对,声音怎么如此心虚,我咳了一下:"你还没睡啊?"

"忽然接到好消息,妈妈高兴得睡不着。"

我犹豫了半天,小心翼翼地问:"真的?"

老妈冷笑了一声,我立刻打破幻想,端正态度:"我也是才开始,还没想好怎么跟你说。"

"你什么时候开始谈的?"

林屿森轻手轻脚地进了门,把一双柔软的长毛拖鞋递到我脚边。他家居然有这么可爱的拖鞋?

我愣了一下,差点忘记回答老妈的话。

"嗯?"

我连忙回答:"就是过年前。"

"你倒是一点痕迹都不露,盛先民的外孙?"

"嗯。"

我现在不知怎么的,有点不太爱听这个说法,我朝林屿森摆摆手,走到了阳台上:"他叫林屿森,以前是神经外科的医生。后来车祸,"我顿了一下,"手受伤了,所以才转行去盛远工作的,去年也到苏州那边上班就认识了。"

"这些我都知道了。"

呃,这么快你就调查好了?!

"曦光,你有没有想过,他一直在上海,为什么这么巧,他正好就在你去苏州的时候也调到苏州了?"她提醒我,"毕竟你去苏州的事情,有心人打听还是能知道的。"

你看,这就是我不想跟妈妈提林屿森的原因了。

第五节

外人都以为我家是爸爸一手打下的江山，但其实老妈的精明能干完全不亚于爸爸。不出我所料，她知道我和林屿森的事后，第一时间就产生了怀疑。

然而林屿森又的确是为我才去的苏州。

可是要说清楚来龙去脉，又必须讲到马念媛。事情牵扯到那个女人，说了只会让妈妈不高兴。

我特别不愿意她不开心，只能避重就轻回答："妈，你别帮我自恋好不好，刚刚宴会上好多漂亮妹子，家世好的工作优秀的，他有能力又那么帅，干吗冲着我啊。"

老妈在电话那头安静了一会，居然说："说得也是。"

……

一万点伤害。

"妈，我相信他。"我认真地说，"而且我觉得你们为什么老把别人想成别有目的的，我就没优点吗？"

"你们是谁？你爸知道？"

老妈能不能不要这么聪明……抓重点能力也太强了。老妈不会以为我告诉了爸爸却没告诉她吧？

我连忙解释："不是我告诉他的！而且他知道的时候纯属捕风捉影，那时候我和林屿森还没开始呢。"

老妈"呵呵"了一声："谅你也不敢。"

她复又叹气一声："你本来也该谈恋爱了。反正你妈我眼光肯定是差的，要是帮你挑，说不定还不如你稀里糊涂找的。"

……

我哪有稀里糊涂来着。老妈你自我批评就算了，干吗要扯上我啊。

"你舅舅说你明天还要在上海过一夜？"

我心虚气短："难得来啊……"

妈妈"哼"了一声："明天还要去参加他家的家宴？八字还没一撇，参加什么家宴。"

"他外公当场邀请我的，我没法说不去啊。"

"你现在在哪里?"

"当、当然是酒店啊!"我心虚之后立刻理直气壮,反正我只是来喝个茶,"和舅舅一层楼!"

老妈冷笑了一声:"我相信你这点清头还是有的。以后你去上海,也不准去人家家里。"

沉默了一下下,我弱弱地答应:"哦。"

老妈说:"酒店也不安全,你以后估计也不会少去上海,我给你安排一下。就这样吧,你妈我心情有点乱,其他事情想起来再说吧。"

我懵懵地挂了电话,心想你要给我安排啥啊?

拿着手机回到室内,林屿森正悠悠然地倒着水,看见我,将手中的温水递了过来。

"怎么样,我政审通过了吗?"

才和老妈进行了如此紧张的通话,看他这么轻松的样子顿时有点不爽,十分傲娇地告诉他:"查看阶段。"

林屿森笑了笑:"那你要查看得仔细一点,从细节入手,我觉得从他居住环境入手是个好主意,要不要考虑一下?"

这是邀请我参观他家吗?

我有点迟疑:"那个。"

"嗯?"

"卧室也要参观吗?"

我把他家仔仔细细地参观了一遍,包括卧室,然后我提出一个疑问。

"你不是给我买了礼物吗?在哪?我怎么没看见啊。"

"不是在你脚上?"

我人傻了,低头看看拖鞋,然后再看看林屿森。

他送我的新年礼物……一双拖鞋?

我瞪圆眼睛的样子大概逗乐了林屿森,他忍俊不禁:"出国之前下

第五节

单买的,想着将来你来了,总要有自己的拖鞋。"

"……你诈骗也要有点诚意吧!"

林屿森彻底笑开,摸上我大概已经炸毛的头,微微弯腰看我:"还有更过分的。"

嗯?

"我送你的礼物不想被你带走。"

啥?

"所以,我想把送给你的礼物,永远摆在我家里,你愿意吗?"

好一会儿,我才理解他话中的含义,有些迷惑地看着他。

灯光下,不知何时他的表情已经变得郑重,他郑重地,在邀请我进入他的世界,成为他世界里的常驻。

可是这会不会太快了呢?一下子就说到了那么远。但我好像一点都不排斥他这句话,也不排斥他所代表的意义。

好像受到了蛊惑似的,我听到自己说:"我愿意。"

第六节
JIAOYANG SIWO

那天晚上我十二点回到酒店，两点多才睡着，其中五分钟用来完成某项交易，十分钟用来洗漱，两小时用来懊恼自己说我愿意的蠢样。

啊啊啊，又不是求婚，说什么我愿意啊。

唉。

这种又甜又窘的心情太影响睡眠了，导致我八点多被舅舅喊起来吃早餐的时候哈欠连连，惹得舅舅不时向我投来怀疑的目光。

"昨天几点睡的，怎么困成这样？"

"酒店的床有点不习惯。"我心虚地埋头吃小馄饨。

舅舅似乎也没睡好的样子，脸上挂了两个忧心忡忡的黑眼圈，他喝了一口红茶，问我："中午你要去盛家吃饭？"

这个问题昨天晚上已经和林屿森讨论过，最终决定还是不带我去了，他吃完就跑出来带我去逛吃逛喝。我如实回答舅舅："林屿森说他还没上门拜访过爸爸妈妈，我先去吃饭不太合适，打算随便找个借口不带我去了。"

舅舅脸色好了许多："他还是懂事的。不过今天一大早，你妈妈接到了老盛总的电话，说知道你在上海，就以长辈的身份邀请你去盛家吃顿便饭。礼数算是到了。"

"啊？那我还是去？"

"就吃个便饭，没其他意思。"舅舅强调，"老盛总打电话了，这个面子还是要给的。"

"你看，你们接个电话就不好拒绝，昨天宴会当场，我怎么拒绝嘛，还怪我。"

舅舅没好气地说："你还有理了是吧？"

我："……不太有。"

我低头继续吃馄饨，看了一眼手机，老妈压根没给我发消息，可见还是不太情愿，所以只是让舅舅通知我。

舅舅悠长地叹了口气："女儿就是让人操心，你自己去盛家小心些。他们家的事情，我之前只是略有耳闻，昨晚回来后，我也没闲着，里里外外摸了个清楚。情况比我想得还要复杂。"

"？"

嘴里塞着馄饨，我用眼神发出疑问。

舅舅说："林屿森的爸爸二十多年前就过世了，这件事你知道吗？"

我点点头："他跟我说过，说他很小的时候，爸爸在外派的时候因病去世了。"

"不是那么简单。"舅舅喝了口茶，"他爸爸出身普通，但是名校毕业智力非凡，很有商业才华，毕业后进了盛远，一年内就连升几级。他和盛家大小姐到底是进公司之前就认识，还是进了盛远才谈的恋爱，各有说法。总之这么一个人才，哪怕出身普通，盛先民也没什么好挑的，恋爱结婚都没什么波折，结婚后更被委以重任。估计盛先民也没想到，一个真正的人才有了资源和更高的权限后能出色到什么地步。那几年，盛家势头很猛，集团内部那几个儿子风头却全被压制了，全公司甚至外界都在传盛远要把企业传给外姓。最终结局是他被派遣到国外开拓市场，好几年都没回来。后来那个国家发生政变，他意外受伤，又没及时得到治疗，就这么身故了。他妈妈从此旅居国外，连老盛总生病都没回来过。"

"像盛家这种老牌的家族企业，也不是没有交给外人管理的先例，但是盛先民固执得很，在他心里家族传承远大于企业发展。在盛家，如果是外姓，再优秀也要被压一头，昨天情况你也看到了，那个小子。"

舅舅停顿一下，点我："什么境况你要心里有个数。"

我听得半晌回不神来，脑海里浮现无数林屿森的样子——豁达大笑的他，诙谐风趣的他，运筹帷幄的他……我以为哪怕他父亲早逝也应该是在很和睦的家庭中长大，真的没想到，他这么温和洒脱的外表背后竟然是这样的过往。

我拿起纸巾擦了擦手，点点头说："有数了。"

舅舅稀奇了："那你说说，有什么数了？待会你去盛家，打算怎么做？"

我坐直身体，给他背诵了一下我的背景："我是无锡姜云聂程远的

第六节

独生女,南京姜平唯一的外甥女,我干妈连盛老爷子路过无锡都要上门拜会,他们想欺负我男朋友,门都没有!"

家世显赫气焰嚣张甚至震慑到了姜总的本大小姐我,决定给林屿森一个至高的荣耀——亲自去他家接他!

于是舅舅一走,我就志气昂扬地朝林屿森家出发了。结果还没走出酒店,就接到了黄阿姨的电话——

"曦光,起来了吗?我马上到你酒店了,你妈妈让我带你去看下房。"

看房?

虽然我知道我家里挺有钱的,但是老妈眨眼就安排出一套房子这种事,我还是有点状况外。

黄阿姨见了我又先夸了夸:"曦光皮肤真好。咦,今天的项链很漂亮啊,昨天怎么没看到。"

"还有手链,一套的,耳环没戴。"我举起手展示了一下手链,内心复杂地告诉她,"这是昨天置换,呃,不是,收到的新年礼物。"

总算林先生识趣,除了拖鞋之外还是给我准备了其他礼物的,但是直到送我回酒店拿到表之后才掏出来给我……

拿完表他就开开心心地走了,整个过程不足五分钟,宛如一场仓促的交易……虽然他走之前还亲了我一下,但是浪漫那仍然是一点都没有的,还不如他送我拖鞋浪漫。

估计急着回家一个人研究那块表……

不是很想回忆。

我转移话题:"房子在哪啊?"

"就在附近,几分钟就到了。"

这么近?

不会是林屿森家小区吧?

还好还好,还没巧到那个地步。但是离得也不远,就在隔壁小区……

黄阿姨先带我看了下小区环境,然后一起去楼上看房。房子是三室两厅的精装,里面空空荡荡的,客厅和主卧正对着黄浦江。

"这房子是前几年入手的,一直没配家具,你看着要是喜欢的话,我找个软装设计师搭配一下。当然如果你想住在浦西也行,新天地那边我们也有一套房子空着。其他么,要么房子有点远,要么一直在出租中,住过人你可能不太习惯。"

我看向客厅外面,正是和林屿森家一样的江景,于是一下子就喜欢上了这个地方。然后又觉得老妈智者千虑必有一失,她到底知不知道这个小区就在林屿森家隔壁啊。

害得我简直有投怀送抱的嫌疑。

"怎么样?"黄阿姨问我。

"挺好的,就这里吧。"我对她的工作给予充分的肯定,"家具你们帮我配吧。"

"那你喜欢什么风格的?"

我想了想林屿森家有些雅正的风格,觉得可以布置一个完全不一样的:"柔和一点吧,要有毛茸茸的地毯,沙发要布艺的,很白很软也是绒的那种……"

在房子里转了一圈,我们就离开了,在电梯门口一边说着细节一边等电梯。

"大茶几就不用了,我喜欢坐在地毯上,有个小茶几放东西就可以。对了,给姜锐也留一个房间吧。"

"叮"的一声,电梯到了,门打开,里面已经有人在。我走进去,随意地一瞥,霎时顿住了声音。

电梯门缓缓合上。

我身边的黄阿姨说:"姜锐是姜总的儿子吧?我记下了。曦光你什么时候有空去看家具?或者你没时间的话,我让他们做好整案设计后发目录给你?这两天我先发几个设计师的作品给你看看选选。"

第六节

我听到了耳朵里，一时却忘了回答。

电梯里其他乘客在说话："这边租金的确比庄先生您的预算高了一些，但是地段好，您上班离得近，不过如果您不太满意的话，我们去其他小区看看？有套房子我很推荐，性价比比这套高很多，比较适合庄先生您这样的单身男士。"

他身边的人也没有回答。

黄阿姨看了我一眼，打住了话题。

电梯里忽然就没有了声音。

这是老大的婚礼后我第一次见庄序。

这么猝不及防，在完全没有预料的地点。我觉得，我应该不用打招呼吧？那样多么虚假。

这一点我和他大概达成了共识。

一片沉默中，电梯到了底层。电梯门打开，余光中他完全没动，我率先走出了电梯。

黄阿姨走在我身后："这个小区的租金挺高，租户素质也不错，你看刚刚电梯里那个小伙子多帅气。"

我沉默了一会。

"黄阿姨，还有没有别的房子？"

黄阿姨一愣："有哪里不好吗？"

没有哪里不好，只是……

可是听刚刚电梯里中介的意思，庄序应该是不满意这里吧。而且就算满意，看见我也住这里，他大概也会重新考虑。

所以我何必这么反应过度，反而显得太在意了。

我摇摇头："我随便问问，没什么问题，就这个。"

拒绝了黄阿姨送我回酒店的建议，我一个人慢慢走到了林屿森家小区门口。然后站在那思索，我怎么才能在不让保安通知他的情况下进去，在大堂里等他吓他一跳呢？

想着想着,就走了神。直到连续的短信铃声响起。
我低头点开短信。
"我们小太阳出山了吗?"
"外公早上电话,说打电话给你妈妈了,她跟你说了吗?"
唇边默默地漾开笑容。
仰望林屿森家所在的楼宇,我直接打电话给他:"林总你能不能快点啊,太阳不仅出山了还照到你家小区门口啦。"
接电话的人显然十分意外:"你在我家小区门口?"
他反应过来,语速飞快地说:"我换个衣服马上下来。"
我催促:"那你快点哦,别试一百条领带了。"
电话那头传来匆忙的脚步声和他的笑声:"想多了聂小姐,都追到手了我还费这个心思?"
???
好气哦!我立刻严词警告他:"还没煮熟哦,我还会飞。"

第七节
JIAOYANG SIWO

一路上林屿森一直在笑，我都有点郁闷了。

我还会飞……这句话有这么好笑吗？

在我的瞪视下，他终于收敛了笑意："对不起，我现在脑子里总有一副太阳长着翅膀飞走了的画面冒出来。"

我想象了一下："那后面跟着地球和其他行星吗？"

"当然，太阳质量大，我肯定要在后面追着跑的。"

？？？

我问的是其他行星！

林屿森这时才想起来问我："怎么突然跑过来接我？"

"吃多了散步。"我傲娇地回答，决定暂时不告诉他老妈给我安排了房子的事，等全都弄好再给他一个惊喜。

是惊喜吧？

"下午我们去哪啊，在你外公家吃个午饭就好了吧？"

"嗯，不过我还要搬一些东西到浦东这边的家里，晚上我们在老师家吃饭。"

晚上居然还有安排？他老师，是上次婚宴上见到的那个老人吗？

"我不是不愿意去啊，但是林屿森，我怎么感觉这两天把你亲友都见光了啊？"

"我也很意外。"他一副头痛的表情，"这些都早有安排，谁知道你会跑到上海来呢，不带着你也不好啊。"

……

我还能说啥？

路上我要是再跟他说一句话，就算我输！

我没有坚持到十分钟……

谁让他突然停车给我买奶茶，那我总要过去指点一下口味对吧？

"要最甜的，加红豆和椰果。"

林屿森一边付钱一边闲闲地说："不是不跟我说话了？"

"没办法呀，你又不知道我口味，毕竟……我们还不是很熟。"最后一句我特意加重了语气。

"这样。"林屿森点点头,付完钱,一只手就把我拽到了身边。

"喂!"

什么情况,他这是要强行熟悉吗?大庭广众之下,奶茶店的小姐姐们正看着呢!

正要挣脱,林屿森却用他的大衣裹住我:"下车不穿外套,不冷吗?"

咦,这个理由好像可以。我踮起脚,露出一个脑袋左看右看,嗯,这条路上也没什么人……那就这样被裹着吧,暖洋洋的,我也不是很想离开。

不过……

"你的大衣好像有点大。"还可以装一个我。

"尺码应该没错,设计吧。"

"哦,那空空荡荡的你不觉得冷吗?"

林屿森:"……聂曦光。"

"嗯?"

"你是会煞风景的。"

我感觉接下来是林屿森不想和我说话了。

还好很快我们就到了盛家。

盛家老宅和我想象中的上海旧式豪宅差不多,高大的黑色铁门,整齐开阔的草坪,有点西式的建筑,到处写满了年代感。

汽车开进黑色铁门后又开了几分钟,到别墅门口下车,早有两个年轻人在那等着。看见我们下车,他们立刻迎了上来,女生催促林屿森:"二哥,快给我们介绍下。"

"盛行乐,盛行秀,我二舅舅和三舅舅家的。曦光,我女朋友,那天寿宴你们不是见过?"

女孩子应该叫行秀吧,显然对林屿森的介绍十分不满意:"你这也太敷衍了吧。"

她转头热情洋溢地对着我说:"那天就打了个照面,都没好好说话,一会我们吃饭坐一起呀。"

"好啊。"我答应着,把手中另一杯奶茶递给她,"你叫行秀吗?屿森帮你买的奶茶。"

盛行秀顿时眼睛一亮,接过奶茶就插管开喝:"二哥你还是有良心的。"

盛行乐在旁边把我上上下下仔仔细细扫荡了一遍,难以置信地说:"不是吧?就一杯,我的呢?"

"你不是要锻炼肌肉?肯定不想喝。"

林屿森一手拉着我,一手推着盛行乐往里面走。

盛行乐被推搡着争辩:"我偶尔喝一下怎么了,二哥你就是小气。"

林屿森说:"你说对了,我小气。"

我"噗嗤"一乐。

这时有长辈走出来,没记错的话应该是林屿森的三舅盛叔凯,他家名字倒是很好记,盛伯凯,盛仲凯,盛叔凯。

盛叔凯大声喊我们:"在门口干什么呢,爷爷等着呢。"

盛家的人是真的多呀,还好林屿森时间卡得比较好,到了客厅,喊了一遍人就直接开饭了,省去了无数尬聊。

吃饭的时候盛行秀并没有坐在我身边。我初次登门,大概为了表示客气,盛老爷子让林屿森带着我坐在了他的左手边,然后盛伯凯的太太——我喊她钱阿姨,坐在了我边上,算是招呼照顾我。

菜早已上桌,大家边吃边聊,话题都客气地围绕着我,问我何时毕业,工作习惯不习惯,为什么去苏州之类的,态度很随意,我也放松了很多。早上被舅舅提醒了这么多,来的时候多少是抱有戒心的。

然而我才放松下来,钱阿姨便夹了一筷子菜给我,含笑说:"怪不得去年屿森在上海做得好好的,忽然就要到苏州去,原来是冲着曦光啊。这叫什么,窈窕淑女,君子好逑。"

咦?

第七节

她什么意思？难道在暗示林屿森去苏州是有预谋的吗？

会不会是我想多了啊？毕竟我不了解她。我瞥了一眼林屿森，却见他脸上的笑意明显冷了一些。

我心中有数了，刻意表现出有些不好意思的样子："屿森也说是为了我去苏州的。"

林屿森淡定地附和："的确是冲着曦光，不然我去苏州做什么，人生地不熟的，那边公司也没什么发展空间。"

钱阿姨失语，半晌强笑道："屿森一向进取。不过你们之前没见过吧，怎么屿森听到曦光去苏州也跟着去了？"

"见过呀。"我主动给她提供资料，"我干妈的宴会上，盛爷爷带屿森去的，不过那会我们都没说过话，他居然就因为我去苏州了。这些还是屿森后来才告诉我的。"

"屿森一向聪明，这见了一面话都没说就认定了，直接追到苏州去了。"钱阿姨大概发现了我十分迟钝，生怕我不理解似的，说得愈发直接了，还转向盛行杰，"你要跟屿森多学学，生意场上没有善茬，多点远见知道吗？还有，你也该认真找个女朋友了，门当户对四个字顶顶重要，不过如果女孩子特别好，我们家也不是势利眼，不要求人家家财万贯。"

这时盛仲恺的太太插话进来："大嫂，你这话说的，好像屿森是因为⋯⋯"

"好了。"盛老爷子把筷子重重一放，"行杰还不着急，催什么。吃饭！"

盛老爷子一发话，大家立刻收住了话题，开始招呼着吃菜。

盛伯凯转了下餐桌，把一道看着平平无奇的花胶鲍鱼鸡转到我面前："曦光一定要尝尝这个，我们家厨师的拿手菜，外面吃不到这个味道。你爸以前来吃过，后面一直念念不忘。"

我虽然心里不高兴，但也不好再说什么，夹了一块鸡肉吃了，客气地赞美了下。

气氛重新缓和起来。

大家闲散地聊着，行乐和行秀明显和林屿森关系更好一些，隔着人和我们说话，问我们晚上要不要一起去喝酒什么的，被林屿森用要去老师家的理由推了。盛行杰和他们坐得近，反而说话不多。后来大家的话题又转到了生意上，当然，我一个外人在，他们也不会说什么重要的事情。

盛老爷子说话不多，后半场甚至完全沉默着，仿佛在思索着什么，身后有阿姨帮他布菜。盛家人好像习惯他这样，各说各的，也不去打扰。

饭到尾声，盛老爷子放下筷子，突然发声，问盛伯凯："双远是我们和小聂合资的？谁占大头？"

双远正是我和林屿森目前工作的企业，全名叫苏州双远光伏科技有限公司，在行业里算规模中等吧。这应该只是盛家诸多投资中一个，盛老爷子不知道细节很正常，只是不知道为什么突然提起。

盛伯凯回答说："我们占了51%。"

"回头把所有股份都转到屿森名下。"

所有人都是一愣。我立刻看向林屿森，恰好捕捉到他眼中一闪而过的诧异，显然他事先完全不知情。

但随即其他人的反应让我有点意外，怎么一个个都喜形于色的？

钱阿姨尤其按捺不住喜色："苏州是个好地方，在那生活也舒服，不像上海，看着繁华，其实心累。"

盛伯凯说："这事程远那边也得同意才行。"

盛叔凯接口："给他未来女婿送这么份大礼，他能不同意？"

盛老爷子点头："小聂那边，我来打电话。"

林屿森早已神情平静，适时点头微笑："谢谢外公。"

一切都发生得非常迅速，几句话就决定了一切，桌上每个人都言笑晏晏，一片祥和。可在这个环境下，我的心眼似乎一下子长了出来，瞬间就懂了这寥寥几句话里的意思。

第七节

从盛家其他人由衷的笑意中,这大概不算什么赠予,而是一种"发配"?

林屿森这是彻底被打发了吗?

我心里有一点点难过,并不是因为和盛远比起来简直不值一提的双远的股份。我一向觉得,长辈的东西就是长辈的,他爱给谁给谁。

而是因为这家里微妙的气氛。

林屿森,在这个家里,被大部分人当成了外人,甚至——敌人。

但此情此景,人家的家务事,我不能贸然开口。目光投向了餐桌,有道干煎带鱼很好吃,林屿森好像没吃,我打算把最后一块抢下来给他。

正认真等着带鱼转过来,盛行杰说话了。

"聂叔叔这下应该满意了,他不是提过想再收一些双远的股份吗?这下屿森当作嫁……不是,聘礼带过去,他肯定高兴。"

我的注意力一下子从带鱼转移到了盛行杰身上,他前面一直阴沉着脸,现在得意之色简直快要飞出来。

盛伯凯立刻呵斥了他:"爷爷说话你别插嘴。"

我来之前早打定主意少说话,没什么问题的话,矜持点多笑笑就行了,但是盛行杰都提到我爸了,我不接一下岂不是不礼貌?

我微微一想,开心地说:"我爸爸肯定很高兴,不过不是因为别的公司股份什么的。主要是我特别不爱管公司,以后有屿森帮我管,我爸就没后顾之忧了。就是不知道屿森会不会嫌事情太多,一个人忙不过来。"

说完瞥了一眼盛行杰。你得意什么啊,虽然你是盛远指定的下一任继承人,可是其他姓盛的就不用分了吗?以后做事不用受到各种钳制?想得美!

哪像我家!

"我真的很羡慕你们这样的大家庭,像我这样的独生女,想让兄弟姐妹帮忙都没有,以后只能靠屿森了。"

虽然从没想过爸爸公司的继承问题,但是这会我必须是未来的霸道总裁!

我一脸庆幸地向盛老爷子道谢:"谢谢盛爷爷把屿森教得这么好,我爸爸肯定很满意白捡一个继承人。"

盛行杰得意之色顿失。

我可喜欢气盛行杰了。

因为他真的什么都写在脸上,哪像其他人,不管心里在想什么,脸上都挂着笑容,甚至我身边的林屿森,神色间也半点心思不露。

不过他还算配合啦,居然把剩下那块带鱼夹给了我:"我尽力,再吃一块?"

"好呀。"我笑得甜滋滋的。

"曦光喜欢的话回头让厨房做一份打包。"钱阿姨面带笑容。

看!若没有盛行杰,我的演技简直无人回馈。

气他好开心啊,我忍不住继续。

我转向钱阿姨:"谢谢阿姨,打包就不用啦,不过我能问下这个带鱼是怎么做的吗?有什么特别的作料吗?我想学一下以后烧给屿森吃。"

钱阿姨笑:"哪里用得着你烧饭做菜,都有厨师。"

"我不喜欢家里有外人啊,再说以后他上班,我在家里闲着无聊,做做饭什么的也好打发时间。"

我摆出一副以后啥也不管,一心洗手做羹汤的样子。

钱阿姨脸色一僵:"你现在不是在苏州上班?女孩子虽然不用那么累,但是事业也不能丢了。"

我当然要上班,当然要有事业,但是不妨碍我现在让你们不爽啊。

"我不想那么累,屿森管管不就好了。我妈妈给我算过的,说我从小到老都是享福的命,不用自己操心的。"

我随口就是胡说八道。

盛行杰终于忍不住了:"聂叔叔还年轻,交班还早吧。而且,聂叔叔不是离婚了吗?说不定……"

"行杰!"

第七节

盛老爷子一声大喝，止住了盛行杰未尽之语。

我目光看向盛老爷子，刻意带上了一些同情——这就是您选的继承人啊，跟林屿森已经不能用差远了来形容，是不配比较。

盛老爷子有些疲惫地站起来："屿森，你到我书房来一趟。"

第八节
JIAOYANG SIWO

我们并没有在盛家多待，林屿森去书房不过十几分钟，出来后搬了些他以前留下的书就离开了。在街上逛了一下午，我们买了些礼物便去他老师家吃晚饭。

买礼物的时候，我被林屿森详细地科普了一番，对他老师的厉害程度有了新的认识，于是我再次见到他老人家的时候，多少有点拘谨起来。老教授奇怪地问："怎么啦这是，菜不合胃口啊？"

我连忙摇头。

林屿森帮我解释："师母也是江苏人，做的菜怎么会不合胃口，她第一次来有些拘束，多来几趟你就知道她胃口了。"

老教授调侃："话可不能这么说，他们江苏你们又不是不知道，互相不承认的，你师母是常州人，小姑娘你哪里人来着？"

我回答："我无锡的。"

老教授立刻说："你看你看，不是一个地方的，肯定是菜不合胃口。"

师母笑吟吟地说："哪有这么夸张？你退休后就知道看这些网络段子，我们江苏真没这么分裂。不过严格说起来，我是武进的，不算常州的。"

我"噗"地一下笑出来。

餐桌上还有老教授的其他学生，比如我见过的陆莎，都带着家属，热热闹闹的十几个人，闻言都一下子笑开了。

医生们在一起又是另一种气氛，和之前在苏州和方医生他们一起的时候颇为相似。而且我发现他们也没特别避着林屿森，还是会讨论一些医院的事情，学术前端医学进展，甚至医院八卦。

经常说着说着一群人就大笑起来，觥筹交错间，林屿森也喝了好几杯红酒。我不由琢磨着，这难道是要我开车送他的节奏？

我片刻的走神引起了师母的注意，她剥了个橘子给我："一年一年的，尽说些听不懂的笑话。"

"嗯。"我点点头，"我习惯啦，之前住院的时候就这样。"

"住院？"

师母便问起住院是怎么回事，我嘀嘀咕咕跟她说了一下，师母打趣道："我之前就听他老师说了，是屿森追你的，果然是这样。"

"我们林大帅哥单身这么多年，看上他的丈母娘、老丈人、小妹子如过江之鲫，结果他通通推了，是整个上海医疗界闻名的高岭之花。"师母边上坐着的一位医生大哥竖着耳朵偷听了半天了，这时凑过头来八卦，"妹子你有几分本事啊。"

"哪里哪里……"

我先哪里了一下，还没想到具体怎么谦虚，林屿森就接口："哪里哪里，全靠同行衬托。"

同行们：？？？

唉，他被人灌酒真的不无辜。

热闹的聚会到九点多才散，大家都有点意犹未尽，不过也不好打扰到老人休息。林屿森和我却被老教授发言留下了。

老教授家住在一楼，有个小小的庭院。在庭院里送客完毕，院门关上，老教授和林屿森并排走了几步："你前天打电话跟我说的，想回来重新开始，是不是真的？"

我和师母落在他们身后，师母正告诉我院子里都是些什么花。耳边划过这句话的时候，一时都没反应过来是什么意思。

重新开始？什么重新开始？

慢了好几秒，一个不可思议的想法划过我的脑海。难道……

林屿森要重回医院？！

这回林屿森和他老师单独聊了半个多小时。我和师母在院子里看完花，又去客厅坐了一下，被她塞了一大包晚上吃过的好吃的点心。

回去的时候是我开车，一路上都没空问林屿森到底是什么情况，因为上海的路实在太难开了。上上下下左左右右，开错一点点就要重新绕一圈，重复在一个路口绕三圈后，我终于忍不住开始质疑指路的人。

"你是喝多了变笨了，还是故意的啊？"

第八节

"大概是变笨了。"林屿森仰头靠在副驾椅背上,"指错路都能被发现了。"

居然毫不掩饰地承认了!我觉得不可思议:"你图什么啊!是觉得汽油不要钱吗?"

"是觉得天色尚早,不想这么快送你回酒店。"

天色尚早……

我看着车外漆黑的马路,以及前方那么多亮闪闪的车灯,一时无言以对,一时又好像在心底悄悄荡开了涟漪。

此等情况不宜开车,我果断地停在了路边,严肃地教育他:"第一,是我送你,不是你送我,我才是那个开车的人。第二,你是不是把后备厢里那些书忘了啊,我本来就打算帮你搬书的,然后你再走路送我回酒店,然后你再走回家。"

我安排得妥妥的:"所以今天还有很多很多时间,所以林屿森,你能不能不要再故意指错路啦?"

"哦。"林屿森满意地点头,轻描淡写地下巴一抬,"开车吧,往前开,左转。"

之前一直让我右转!

幼稚!

林屿森是真的不客气,说帮他搬书,他是真的让我搬。

虽然他是一个大箱子,我一个小箱子,但是书很重的好不好。气喘吁吁地搬到他家里,他还让我帮忙一本一本归类到书架上。

我踮脚插着书,嘴里不忘批判:"免费司机加搬运工,合格的资本家。"

插完手里最后一本书,我发现他这次搬来的都是医学类书籍,都不算新了。我随手取出一本翻开,居然是他大学的课本,扉页赫然写着他的大名——

林屿森,临床医学xx级1班。

"这是你大学时候的课本?"

"对。"

翻动中有纸片掉落,我弯腰捡起来,是张课程表,一整页写得满满当当的。我扫了一眼,敬畏顿生:"你们的课这么满吗?"

"医学生,不奇怪。"林屿森接过我手中的纸片,垂眸,睫毛在灯光中落下一片阴影。

我安静地看着他,想起他说他念大学很早,脑海中不由就冒出一个抱着书行走在医学院里意气风发的少年形象。

我轻声问他:"林屿森,老师说的你要重新开始,是什么意思?你要回到医院吗?"

他睫毛微动,却没有立刻回答我。他把我手中的书拿过去,翻了几下,夹入课程表,放回了书架上。

他目光浏览着书架,好像陷入了遥远的时空中:"我记忆力很好,你信不信,读书的时候,这里很多书我都会背。"

我震惊地扫了一眼书架,这么多,这么厚的书?

……

不太信。

林屿森扬眉:"现在可能还有残留记忆,你试试?"

试试就试试,我又没损失。"打赌?"

"可以。"

"那我赢了有什么好处?"

"予取予求。"

"哦。"我故作淡定地别开眼,开始认真地挑书。选什么呢?目光在书架上寻觅着,突然眼前一亮。

我立刻把那本书抽出来,在他眼前晃了下:"孙思邈,《备急千金要方》,中医,文言文,你快认输。"

林屿森一秒认输:"这个的确不行。"

我得意万分:"你怎么还有中医的书?"

"这么经典的中医典籍当然要有,不过我只会背大医精诚。"

"大医精诚?在哪里?那,不要说我投机取巧啊,就你说的这段背来听听，一个字都不错的话，也算你赢。"

"卷一，医学诸论，第二篇。"

我翻开书找了一会："找到了，开始。"

他微微一笑，低声诵来："凡大医治病，必当安神定志，无欲无求，先发大慈恻隐之心，誓愿普救含灵之苦。若有疾厄来求救者，不得问其贵贱贫富，长幼妍媸，怨亲善友，华夷愚智，普同一等，皆如至亲之想。亦不得瞻前顾后，自虑吉凶，护惜身命。见彼苦恼，若己有之。深心凄怆，勿避崄巇，昼夜寒暑，饥渴疲劳，一心赴救，无作功夫形迹之心。如此可为苍生大医，反此则是含灵巨贼。"

他刚开始背的时候，我还认真地对照着每个字，看有没有错误。然而两三句之后，已经完全被这段来自中医的宣誓震慑，一时间输赢之心全无，心里只剩下撼动。

他停了下来，室内寂静无声。我低头认真地把这段文字再度仔细地看了一遍，才呼出气来："医生是个很伟大的职业。"

"伟大谈不上，但我的很多同事都很有信念很尽职。"他停顿了一下说，"高考的时候，我本来要报考商学院。"

我有些惊讶。

"你家里有没有跟你说过我父母的事？"

我点了点头，想了想，向他伸出手。

他莞尔，握住了我的手："没事，很久了。要听我说的吗？"

"你想说吗？"我小心翼翼地问。

他拉着我的手，走到了客厅饮水机边上，倒了一杯水给我。

"可能要说很久。"

第九节
JIAOYANG SIWO

捧着两杯温水，我们一起坐在了看得见江景的沙发上。

大概因为还在春节，江上的灯光深夜依旧绚烂，江水倒映着灯光静静流淌，平和而又喧嚣。

"这个房子是我爸爸买了自己装修的，可是我父母，却一天都没住过。"隔了好一会，林屿森才低声开口。

我有些意外地抬眼重新打量眼前的房子，莫名觉得它空旷寂寞了起来。

这间父母留给他的，却一天都没住过的房子，林屿森每次走进来时，会是什么心情呢？会不会有很多个深夜，他也像现在一样坐在沙发上，却没有人陪他？

心中陡然一阵酸楚，我把手中杯子递给他，他接过杯子放在了一边，轻轻地揽住了我。

"房子还没装修好，爸爸就被外派了。他出事后，妈妈就离开了中国长期旅居瑞士，几年前才再婚，现在过得很平静。那会她也想把我带走，但是爷爷奶奶的身体一直不太好，她不忍心在他们经历了丧子之痛后，还把孙子带走，最终选择把我留在了上海，那会我七岁。很长一段时间我都和爷爷奶奶住，在浦西一个很小的六十多平方米的老公房里。

"外公经常会接我到盛家住几天，爷爷奶奶从不阻拦，却从来不和我一起去。小时候我也疑惑过为什么，但从没细想。大概因为父亲过世的打击太大，爷爷奶奶还是早早相继病故了。妈妈再次让我出国，但是那会我已经考上了很好的高中，也想在国内读大学，于是十三岁的时候，我搬到了盛家的老宅。"

"外公。"他顿了顿说，"一直对我很好。"

"我高考比较早，第一志愿是商学院，一方面想帮外公分担点东西，一方面，也是继承父亲的遗志，这个时候，才有人告诉了我父亲的事情。"

那必然是有人不想他帮忙分担了，可是选在高考前夕告诉林屿森这些，真的很卑劣。

"我改了志愿，报了医学院。我本来也对医学更感兴趣，小时候还想过做无国界医生,哪里有需要就立刻出现在哪里。"

我心中一动,想起舅舅提过的林屿森爸爸的死因。

他继续陈述着:"整个大学期间我借口学业繁忙很少去盛家,实在推不了去了,也大多是一个人在房间里看书,后来又去美国留学,最后选择回国当医生。从医看多了生离死别,我渐渐地放下,但是和盛家仍然联系不多。那次陪外公去参加你干妈的宴会,是凑巧我在无锡一家医院交流,外公派车到医院接我,我才陪同参加……后来我出了车祸。"

我不由抓住了他的手,他静静地低头看着,与我十指交叉。

"那一段时间,我心里充满了戾气,所以外公让我去盛远做事,我直接答应了。我算是从基层做起,一开始并没人太在意,毕竟我没有学过经商。但是做点小项目,还需要学吗?"

……

哦,盛远的小项目。

明明听得心情很低落的,可是这一刻却又被他弄得忍俊不禁。

"进入盛远半年,盛行杰有个项目出了岔子,我想办法解决了,外公直接把我提到了盛行杰的平级。我做了一些事,交了一些朋友,嗯,也给聂总找了些小麻烦。"

他轻描淡写的样子听得我差点信了,但是想想我爸对他印象这么深刻,鬼才信是些小麻烦。

后面的剧情我已经知道了:"后来你就到苏州了。"

"嗯。再后来,就有了聂小姐。"他说到这里,嘴角才微微弯了起来,"然后我的想法有了改变。"

"什么改变?"

"我好像回归了理智,好像得到了弥补,心境平和了。"此刻他的神情也带着经历波折后的冲淡平和,"我问自己,为了让别人不痛快,浪费自己的时间去做自己并没有兴趣的事情,是否有意义。"

"当然,本来是有的,因为我那时矫情,觉得自己已经算一无所有。可是,现在又拥有了。"他握着我的手更用力了一些,目光专注地落在了我的身上,"曦光,我不想放弃,我不想我十几年的辛苦付

第九节

之东流。"

我坐直了身体。所以他真的要回去从医?!

"这次去瑞士陪妈妈过春节,我陪她去滑雪。站在雪山顶上的某个瞬间,突然觉得一下子天地辽阔了。学医的用处不仅仅在临床,不仅限于手术台上,可以做的事情很多,此路不通,我换条路,我还可以学以致用。我的手废了,但是难道我只有手吗?最宝贵的,难道不是我的大脑?"

我呆呆地看着他。

我知道我这个时候应该鼓励他肯定他,可是我一时竟说不出话来。

这个人,明明经历了那么多困苦,家庭上的,事业上的,可是却仍然这么豁达自信,发自内心的善良。

我神情大概有点傻,他看到我的样子,蓦然笑了。

"你这是什么眼神?"

"就是觉得你,嗯,特别强大。"我有些懊恼,居然只能想出这么普通的形容词。

他捏了下我的脸颊:"你这样很容易被骗啊。"

我含糊不清地说:"好像已经被骗啦,你放手。"

拍开他的手,我关心起具体问题:"那你大概要去做什么呢?当内科医生?还是搞科研?或者去医学院当老师?"

"不着急下决定,哪怕都是医学行业,也是隔行如隔山,我先看看。"

"嗯。"我连连点头,"那就先多看看。"

江上的灯光随着我的语声骤然一暗。林屿森抬起手腕看了下表,"有点晚了,我送你回酒店。"

我们是从林屿森家走回酒店的。

冬天的深夜很冷,呼出的气息都变成白雾,可是我心里却那样的快乐,裹着羽绒服挽着林屿森的手,步伐都轻快无比。

我不知道我为什么这么开心,也许因为身边这个人告诉了我他所有的过往,也许因为他决定要去做他真正热爱的事情?

或者只是因为在这样一个深夜,空荡荡的马路上,我挽着一个人快乐地走。

我欢欣雀跃的样子把林屿森都逗笑了:"这么高兴做什么?"

"你去做自己喜欢做的事情,我当然开心啊。其实比起男朋友是霸道总裁,我更喜欢男朋友是很厉害的医生研究员什么的,毕竟霸道总裁见多了嘛。"

"以前我是很厉害,以后不厉害了怎么办?"

"不可能!"我停下脚步认真地说。

"这么肯定?"林屿森也停下脚步。

"就是这么肯定。"

"好。"

林屿森飞快地一口答应。

哎,明明这么冷,可是脸上却好像热热的。我抽回自己的手,快步走在前面。

"快点啦,我困了。"

林屿森也不着急追上来,不疾不徐地落在我身后。出门的时候我们不约而同选择了沿着江边的路,因为更长一些。

路灯光幽暗地照在我们身上,身边江水默默流淌,只有零星的灯光闪烁。

走着走着,不知为何我心头一阵怅然,脚步不由慢了下来。

"怎么了?"林屿森跟上我。

"如果你要回去从医,那就不在苏州了,我们以后要异地了吗?"

"不是说过不会那么快?而且苏州那么近,我想见你,可以每天来回。"

"那你有点不务正业。"

林屿森失笑。

我说:"我应该也不会一直在苏州吧?我以后……"

说着我有点迷惘起来,眼前的人有了坚定的目标,未来的方向,我呢?

林屿森好像察觉到了什么,突然问我:"曦光,你有没有想过自己要做什么?"

我有点回答不出来。我好像没想过这个问题,甚至父母也没对我提出过期许,是因为我太散漫了吗?

林屿森了然地点点头,思考了一瞬,提议说:"既然你目前还没什么想法,就先当个好老板吧。"

啊?

我一时反应不过来。

"顺便赚钱养家。不错。"他自己肯定了自己的想法,鼓励似地拍拍我的肩膀,一脸郑重地说,"苏州的公司就交给你了。不管以后我往哪个方向发展,一时肯定赚不到什么钱,就先你来吧。"

等等,我们刚刚不是在谈异地问题吗?怎么就说到我要养你了呢?

"当然我也会努力,将来若在医学领域小有所成,一定会记得首先感谢我的……聂小姐。"

???

寒风凛凛,月黑风高,刚刚谈恋爱才一个月的我,依稀仿佛被男朋友画了巨大的饼,上了宇宙贼船。

第十节
JIAOYANG SIWO

还好还好，贼船驾驶员应该只是开玩笑。

回苏州的时候，我们车上多了一个人。

一个大个子青年，依稀有点眼熟，林屿森介绍他是新来的副总经理，姓戴。

大个子青年笑眯眯地跟我说："聂小姐，你叫我小戴就行了。"

……

我在公司里也叫你小戴吗？你职位可比我高。

"小戴是我隔壁学校的师弟。"林屿森介绍说。

"隔壁学校也能叫师弟？"我惊讶。

林屿森笑着解释说："他们学校管理专业全国前三，我念大学的时候去旁听过几次，认识了一些朋友，上次你来我家见过一些，小戴当时也在。"

怪不得我觉得在哪里见过。

林屿森说："年后张总就回上海养老了，我升了一级，但是也准备养老了，小戴会接手一些具体事务，曦光你看着他点。"

你养不养老我不关心，可是我看着小戴是什么意思？

我不确定地问："他是副总经理，是我上司吧？"

"可是您是老板娘啊。"后座的小戴一脸调侃地接话。

我瞥了一眼林屿森，他唇边的笑意愈发明显了。呵呵，他以后都不想干活了，还想占我便宜？那必须不能。

于是我清清嗓子，转头对小戴说："叫老板。"

小戴愣住，我一脸郑重地告知他："你们林总，以后徒有其名罢了，他要靠我养呢。"

小戴一时是反应不过来了，而旁边开着车的林屿森，则迸发出一阵畅快的笑声。

在公司当然还是要叫戴总。

空降的戴总引起了一番轰动，殷洁喜大普奔地第一时间给我打电话，提供了一大堆有用没用的信息。比如我已知的什么学校毕业，以前是上海某某大型外企的高管之类的，以及之前不知道的——戴总芳龄

32，目前单身。

殷洁爆料完毕，感叹万千："张总走了我本来还有点怀念，但是居然又来了一个帅哥副总，也太划算了吧！"

……

你的怀念简直一文不值。

挂了电话，我给林屿森发消息："隔壁大学就算了，小戴比你还大哎，你怎么骗人家喊你师兄的？"

他过了一阵回我："按入学时间排的，辈分这种东西，当然怎么占便宜怎么来。"

哦，是你了。

我刚要吐槽他无耻，他又一条短信飞快传来："我比他年轻那么多你居然看不出来？"

我："对我来说都差不多吧。"

嘿嘿一笑，手指飞快地再来一条："你好好上班别回我了，晚饭见！"

手机一合，开始工作！

我当然还是在财务部，林屿森问过我要不要调回管理部，我当即拒绝了。拜托，我才调回财务部没多久哎，过一个年就回去，也太不严肃了吧。

显得我们很黏糊似的！

虽然是有点啦，但是怎么可以让同事看出来，在公司我必须是刚正不阿的那种形象！再说财务这块我还没完全弄熟，不着急回管理核心的。总之各种理由就是不回去，先在财务部当个愉快的小财务吧。

然而愉快平静的小财务日子还没过一周，就被人破坏了，破坏者正是我们的新任副总经理。

那是一个很平常的下午，外面飘着雪花，公司里却温暖如春。我抱着一大叠去年的账务资料送到档案室归档，途中碰到了戴总。

戴总看到我，眼睛霎时就是一亮，"哎哟"了一声："什么情况，老板你怎么能搬这么重的资料？"

我呆住了，正好从后面抱着资料追上来的琪琪也呆住了，当然呆住的原因各不相同。我咳了一下，使劲提醒他："戴总，我们是财务部的员工，我去年下半年才来上班的，是新员工。"

戴总一脸恍然大悟："老板，你现在还是个小财务啊？"

……

我发誓，我透过他装傻充愣的脸看到了内心隐藏的一万个窃笑！

这我能忍住不跟他师兄告状？当然不能！而且还要上纲上线！

下班后去吃晚饭的路上，林屿森的车还没开出公司一百米，我的状已经告了几千字。

"这件事很严重你知道吗？"我先来个定性，"虽然琪琪说她不会说出去，但是如果今天不是琪琪呢，传出去了呢？他这样，人民群众会觉得我靠你上位了，十分飞扬跋扈，连新来的副总都要低头喊我老板。"

"不是你让人家喊的吗？"

你到底跟谁一边的？

"我那是开玩笑！"

"传出去也没事。"林屿森开导我，"反正你早晚会接手公司的，到时候大家就知道是我靠你上位了。"

有没有能力接手的事情再说……

我提醒他："盛爷爷把公司股份给你了，你比我家还多一点。"

"那就是靠你才能拿到股份的。"

他怎么都不用思考就编好新谣言了？而且想了想居然也说得通的样子。

我正无言以对，林屿森又说："不过，既然我们戴总打心眼里认你当老板了，你就不要偷懒了。这阵子我正好带他熟悉下公司的情况，你也一起来吧。"

不是，你从哪句话看出我们戴总打心眼里认我当老板了？

救命！这算什么发展啊？

我告状不成还砸了自己的脚？

林屿森雷厉风行，立刻就把小戴喊来一起吃饭。

小戴一来就对我竖起了大拇指："老板有气度。"

他坐下来喝了口水，继续对我大加赞扬："我还以为下午跟你开了个玩笑，你肯定会跟师兄告状呢，没想到还请我吃饭。"

我："……"

我是告状来着，就是结局有点意外。

林屿森一本正经地批评他："我们小聂总怎么会告状，不过你低调点，别人面前不要喊老板。"

小戴连连点头："明白明白，主要今天一开始没看到别人，后面喊都喊了，怪我太激动没克制住，毕竟好几天没看见老板……哦，财务小聂了。"

你们一起逗我是吧？

林总说："以后就天天见了，正好这阵子带你熟悉公司业务，小聂也一起。"

"挺好挺好，带一个也是带，两个也是带。"小戴热情地举起杯子欢迎我，"来来，碰一个，欢迎你加入我的学习小组，明天早上晨会，下午去车间，别忘了啊。"

鬼才跟你碰一个。

我垂死挣扎："哪里好了？你们别闹了。戴总毕竟是高层，我只是财务部一个小员工，去参加高层会议，和你们一起去车间，怎么都不合理啊，会被人说闲话的。"

"嗯，你考虑得很周到。"林屿森抚着下巴做沉思状，不一刻便展颜笑道："你放心，我来安排。"

于是第二天，各大部门就接到了管理部的通知——为了培养青年骨干，以后高层会议，各部门主管可以带一到两名青年员工参与旁听。

吴科长毫不犹豫地带上了我。

很快公司又出了一个通知——为了促进管理部门和生产部门协同合作，管理部门也要下车间了解具体生产状况，各部门主管可带一到两名员工参与。

吴科长当然又带上了我。

话说他到底是被暗地里吩咐了，还是全凭自觉呢……

我也不好意思问……

于是我除了本职工作外，不得不跟着吴科长参加各种高层会议，并到车间学习了解各种生产设备，流程，技术标准等等。其实我还好啦，虽然变忙碌了很多，可是也能学到很多新奇的东西，而且看林总开会时智珠在握的样子也是一种享受。

吴科长就不太行了……

又一次从车间回来，吴科长迈着腿酸的步伐，语气沉重地喊我：

"小聂啊——"

"在！"

他紧锁眉头："今年上班这半个多月，我怎么觉得会议比以前多呢？"

我有点心虚。

"而且，林总带新来的戴总去厂区熟悉生产情况，这种事情也要带上我们财务部？"

我不敢说话。

"以前我们部门除了月底都不怎么要加班，今天看来又要加班了。上次我家太上老君都发火了，怀疑我有问题，还跑来公司抓我。"

我深深愧疚。

但是太上老君？科长你确定你太太发火只是因为你加班吗？

"那？科长你真的是在加班啊，应该没事吧。"

"事情肯定是没事。"科长悲愤地说，"可是她看到我真的在加班，居然让我多多加班，反正双倍工资，也不给我带点吃的。"

呃……这就不是我的锅了吧……

"而且大家都觉得我拍林总马屁，每次都带小聂你……小聂啊！"吴科长突然提高声音喊我的名字，充满希冀地看着我，"你看下次让胡科长带你去厂区怎么样？"

"这、这我怎么知道……"我支支吾吾地推却着,却在接触到吴科长那可怜巴巴的眼神时,默默地改了口,"我觉得可以吧……"

吴科长脸上顿时焕发了神采,身躯不佝偻了,脚步也轻快了,精神奕奕地说:"走走,一起回去加班。我说小聂你也不容易,财务部的工作要做,还要开那么多会,又要到厂区学习,你说你找了林总这么好的男朋友,怎么工作还变多了呢?"

这个问题……

我左右看看没人,偷偷告诉吴科长:"林总说他打算培养我,以后把整个公司交给我管。"

科长轻快的步伐瞬间卡住,僵硬地转头看向我,震惊的脸上慢慢地浮现了四个字——这你也信?

科长的脚步又不轻快了。

"小聂啊……"

"在。"

隔了一分钟。

"你信啊?"

"信啊。"

科长彻底沉默了。

到了办公室,我挥挥手,正要跑去自己的坑位干活,科长喊住了我。

他站在原地,满脸挣扎。

"小聂啊,我不是针对谁,就是……就是……"

吴科长努力了好几次,最后心一横,视死如归地说:"男人谈恋爱说的话,你不要信。"

第十节

第十一节
JIAOYANG SIWO

"我们科长真是个好人。"

我都有点后悔跟他开玩笑了。

加班结束后,我跑到殷洁、羽华的宿舍蹭泡面。羽华对我的到来十分稀奇:"你今天怎么没出去和林总吃饭?"

我愉快地告诉她:"今天林总特别忙,一天都没见到面。晚上他被区里喊去吃饭了,好像有啥大人物来吧。"

殷洁无语:"男朋友不能陪你,你就这么开心?"

"他那叫陪我吗?他那叫奴役我,老是抓我工作。"

殷洁朝天翻了个白眼:"前天还有人跟我说雪后的山塘街夜景可美了,一定要去。"

"对啊,怎么了?"

"还说金鸡湖那边有家东北菜特别好吃。"

"……对。"

"最近电影都很难看不要去看,'都',注意,是'都'!"

我默默闭嘴。

殷洁皮笑肉不笑:"明天周六还要去虎丘对吧?就这,你还好意思说林总抓你工作?"

我辩解:"加班也是加了的呀,只是我效率变高了嘛。现在中午都不午休在做账,晚上一般也要加班一个小时左右才一起走的。"

"辛苦你了哦。"殷洁毫无感情地附和,"不过感觉谈恋爱是蛮累的,最近我老收到林总半夜三更发的邮件。"

我疑惑地停下筷子:"半夜三更的邮件?"

"对啊。"殷洁说,"每天上班一打开邮箱,总飘着几封林总的工作邮件,看发送时间,差不多都是晚上十一二点。看看,这就是谈恋爱的代价,这个时候我正在快乐地看剧或者呼呼大睡!"

晚上十一二点,那不是他送我回宿舍之后吗?我以为他直接回家了,结果竟然去加班了?

"刚谈恋爱肯定是这样的。"完全没谈过恋爱的羽华非常有经验地结语,转而好奇地问,"曦光,你刚刚为啥说你们科长是好人?不过你们科长的确一直挺好的。"

第十一节

"啊？就是他人很好。"我心不在焉地回答着，心思却已经飘远了。

林屿森今天应酬得有点晚，快到十一点才给我电话。我躺在床上都快睡着了。不过手机一响，我还是飞快接通："你到家啦？"

"没有，还在车上。"

"怎么吃到这么晚？"

"来了几个领导，不好扫兴，万一以后有求于人呢？所以还是做医生好啊。"林屿森长吁短叹，"说句明天有手术谁都不敢劝酒。"

现在我和林屿森已经可以很自然地说起他以前从医的事了，听他故作唉声叹气，我脸上甚至挂上了笑容，不过还是和他同仇敌忾："就是，那些人最喜欢劝酒了，你喝了很多吗？"

"还行，我装了一下，他们都以为我酒量不行。"林屿森不无得意。

我不由好奇："那你真实酒量是多少？"

"至今没测出临界值。"

"也是。"我想起旧事，拖长声音说，"我们林总的临界值可难测了，毕竟参加婚礼都把酒推给同伴喝。"

"别翻旧账啊聂小姐。"林屿森笑，"以后别的婚宴都我喝行不行？但是有一场我不能替你。"

"……"

我才不会问他哪一场呢。

我肃然说："我觉得你还是喝醉了，快喝点水醒醒酒，我要和你说点公事。"

"现在？好，我醒醒，你说。"

我怎么觉得他一点都不严肃？

不管他了，我正正经经地把吴科长的诉求跟他说了一下："反正搞得我很内疚，所以下次去厂区不喊吴科长了吧？"

"最近不会再让大家去厂区了，等新厂竣工，生产线进驻后再做安排。曦光，公司规模扩大肯定要培养新的业务骨干，最近的安排并不是真的因为你才有的，你不用内疚。"

"什么？"我鲤鱼打挺惊坐起，"我心虚了好几天！我以为真的是因为我,还请无辜的年轻同事们喝了两次奶茶,你都喝了!"

"奶茶真的太甜了,你是不是让人额外加糖了?"

"没有啊,人家正常就是这么甜……不是,林屿森!我生气了!"

"别气别气。"他在那边大笑着说,"我到了。"

"什么?"

"你楼下。"

我披上羽绒服气呼呼地跑下楼,熟门熟路地跑向宿舍楼左侧行人较少的道路。

公司的商务车已经停在了路边。

前几天下了雪,路边积雪未化,林屿森早已下了车,穿着一袭深灰色大衣站在车边,正微笑着等我走近。

我心中的气愤在看到他时神奇地少了一半,放慢脚步慢慢挪过去站定,我板着脸说:"你这么晚来做什么?"

"原因很多,非来不可。"

我扬眉,看他怎么编。

"第一个,我们从初七开始每天都见面,我怕跳过今天的话,拿不到累积见面奖励。"

我差点就克制不住笑意了:"什么累计见面奖励,又不是打游戏,连续登录能拿礼物。"

"没有吗?"他注视着我,眼中笑意流转。

我不由有些炫目,看四下无人,朝他招了招手。他俯身,我踮脚靠近他……然后飞快地在他耳边说了一句——

"没有。"

"这么小气。"他笑开,拿出一直藏在身后的东西,"第二个原因,给你带了夜宵。"

我看向他手里的袋子:"夜宵?"

"今天吃饭吃到的小甜点,觉得符合你的口味,让小李跟酒店买了一份。"

小李是今天跟着他的公司司机。

第十一节

"可是，晚上吃夜宵不好吧，还是甜的，你不是医生吗？这样很不专业哎。"

"幸好不专业了一回，不然都不知道怎么哄女朋友不生气了。"

光甜点是哄不好的，怒气值还剩下20%呢。

我接过袋子："第三个原因呢？"

"第三个。"林屿森悠然地说，"本来想说明天太阳要出来，雪要融化了，想邀请你在雪融化前走一走。"

"本来？"我抓住关键词，"现在不想了吗？"

"现在已经满足了。"

我一时没反应过来。

林屿森含笑说："不用走一走，已经满足了，所以可以回去了。嗯，也让小李早点下班。"

糟糕……怒气值不仅一点不剩，还增加了心跳频率。好一会，我才压住了加速的心跳，矜持地赞美他："那你是个还不错的老板。"

"谢谢夸奖，那明天见？"

"明天见。"

摆摆手跟他告别，我晃着纸袋子往回走。走了几步突然想起一件事，又连忙跑回去。

林屿森已经坐上了车。

"等一下。"我叫住他，"林屿森，忘了跟你说，我决定明天不去虎丘了。"

不等他发问，我一股脑地倾倒而出："这阵子你老陪我逛街看电影，霸占你太多时间，你都没空做自己的事情了。殷洁说你经常深夜十一二点给她发邮件，而且医学那边你也要做准备吧。所以明天你不用陪我玩了，你做你的事情，我也可以陪你，免得你天天熬夜。就这样，拜拜，到家给我发个消息。"

不给他反应时间，我说完就跑路。

不出所料的，我才打开宿舍门，手机就响了。

我笑眯眯地接起。

电话那边林屿森语气中有些懊恼："今天还是喝多了，反应都变慢了。真的不去虎丘了？"

"不去了，感觉我们谈恋爱都快谈成游客了，拙政园狮子林苏州博物院平江路山塘街……"我一口气报完都有点累了，"无锡的景点我都没逛这么全。"

"彼此彼此，上海很多地方我也没去过。"

所以说，苏州何其荣幸啊！

"那虎丘就以后再去。"林屿森思索后说，"手头事情的确不少，公司有些事情，另外最近一直在完善一篇之前搁置的论文。"

"对的，以后有空再去好了。"

"不过曦光，我要纠正你一个认知问题。"

"什么？"怎么还扯上认知了。

"和你逛街看电影，到处玩，是我的需求，不是陪你。我的时间天然有属于你的部分，不算霸占。"

我握着手机愣怔了好几秒，然后默默地，把额头贴在了门口冰凉的镜子上，给自己降降温。

"另外我没有熬夜，以前我也只睡四五个小时。不过你这么关心我，我很开心，那明天来我家？"

"好，你帮我在你电脑里下些好玩的小游戏。"我声音都好像软和了一些。

"这个就算了，你也和我一起工作吧。"

什么？

我和镜子倏然分离："不能你努力工作，我玩游戏吗？"

"不能，我嫉妒。"

……

当个体贴的女朋友也太难了吧！

第十一节

第十二节
JIAOYANG SIWO

于是大好的周六，林屿森九点钟就到公司把我喊了出来，去同得兴吃了碗面后，就被拎到他家陪读了。

林屿森是认真的——这是我看到书桌上一大堆公司文件后的第一反应。但是这小山般的资料也太多了吧？

我默默地用眼神控诉他。

林屿森无辜地说："我让小戴送点资料来，怎么送来这么多。"

哼！同谋罢了，还想甩锅。

我当然不会乖乖就范，随便翻了两页，就霸占他的电脑开始玩游戏，玩累了就跑去院子里观察小草逗野猫。

周六哎，除了他这种以工作为乐的人，谁想上班啊！

但是有个特别勤奋的人在身边，玩久了总会觉得有点不好意思。何况这人嘴上说着要陪读，其实帮你下了一堆游戏，还买了一堆零食……

于是吃完陈阿姨做的丰盛午餐，我终于乖乖地坐到了书桌前。

他有一张特别宽大的书桌，我们面对面坐着，感觉简直像在图书馆里自习的大学情侣。

咦，这么一想，难道要谢谢林屿森帮我补上了大学没谈恋爱的遗憾吗？

思绪有点发散，这时林监工抬头看了我一眼，我赶紧低头，收心收心。

我先大概看了下小戴给我拿了哪些资料，最后选了公司历年财务报告认真地看起来。

这阵子跟着开会和去厂区也不是白费的，我对整个产业和公司的状况了解了许多。这样看起财务报告来脑子里就有了清晰的认知，对数据背后代表的含义有了真正的理解，不像以前，看数据就只是看数据而已。

一壶水果茶喝光，我基本看完了历年的财务资料，忍不住叹了口气。

林屿森正从书架上拿书，闻声回头看我："叹什么气？"

"就是，感觉公司情况大不如前。"

"原因呢？"

我没有立刻回答他。

第十二节

我发现站的角度不同，看到的东西是完全不一样的。之前我完全是个新入职的小员工，所见所思就局限在自己身边，去年年终奖不错，便觉得效益不错。而最近因为频繁地跟着他们开会下车间，耳濡目染，所思所想就渐渐趋向于行业格局和未来趋势。

再结合刚刚的报表一看，我便知道在去年林屿森来之前，公司状态便一直在下滑。去年我们公司日子还不错，很大程度上是因为他来了之后通过各种手段快速收回了几笔以前拖欠的货款。

林屿森还在等着我回答，我简短地说："大环境吧，你开会的时候说过的。之前产品主要是销往欧美的，但是因为金融危机和双反调查，欧美的订单锐减，整个行业都在惨淡求生，活下来等待春天是第一要务。"

我突然想起一个问题："那为什么公司在这种情况下还要扩建呢？我记得这是你来了之后才启动的吧？"

"是的。"林屿森点头，"逆周期扩张是一种常见操作，你大学应该学过。"

"啊，对。老师说过存储器行业的案例。"他一提醒我就明白了。

林屿森看我懂了便不再多言，拿着书回到了自己的座位上。

我拖过一包零食边吃边思考。逆势扩张是低谷期抢占市场份额的常见操作，但这都是建立在对未来市场极度有信心的基础上的。我想起他在会议上屡次提及对光伏产业十分看好，再看看手边小山般的资料，突然感觉压力山大。

"林屿森，你真的希望以后我管理双远吗？"

"不全是。"他从书中抬头，"主要是想让你找找自己的爱好。"

嗯？

"专心投入然后做成一件事获得的快乐无与伦比，你确定不要试试？如果实在不感兴趣，再去做别的，当然不做也可以。"

"可是你在会议上鸡汤大家的时候说，光伏产业对国家意义重大，有机会领跑全球，那我做砸了岂不是罪大恶极？"

"什么鸡汤。"林屿森失笑，"你不用担心这个，中国这么大，能人辈出，我们做不成，总有人会做成的。我们少赚点钱而已，并没有什么影响。"

？？？

为什么有人能把"摆烂"说得这么有格局啊？！

"你到底希望我有出息还是没出息？"我晕乎乎的，怎么一会劝学一会又赞同我随时躺平的样子？

"都可以，不过曦光，"他沉吟着说，"你在盛家演了那么逼真的笨蛋大小姐，我看他们都信了，不做点事出来岂不是真让人看低了？反之，如果你低调蓄力，一鸣惊人，让他们恍然大悟原来你是在骗他们玩，是不是很有意思？"

哇！那可太有意思了吧。

我想象了一下盛家人目瞪口呆的样子，顿时觉得充满动力，可以再看十吨资料。

"继续继续，不准说话了。"

我立刻便从资料山上拿过一份新的文件开始研读。林屿森轻笑一下，也低头沉浸到了自己的世界中。

一个小时后……我觉得让盛家人刮目相看也没那么重要……

一个半小时后……我开始进行思考，盛家人何德何能成为我努力的动力？他们哪里配啦？

我悄悄抬头看了下林屿森。他正专心地看着脑外科方面的资料，不时动笔在手边的文稿上记录着什么。窗外斜阳悄悄洒进来一点点，他的发丝垂在额前，时间似乎流动得很慢……我突然很想抛开工作，托着下巴专心地看他一会。

但是会不会被批评呀。

哎……

他到底是我的男朋友还是监工？

我心里默默吐槽，结果林屿森好像听到我的心声似的，突地抬眸问我："可以说话了？你想说什么？"

我瞬间活泼起来："没有啦，就是想问问，你论文怎么样了？还

第十二节

有，你想好你要往哪个方向发展了吗？"

我发誓我只是随便问问，没想到林屿森居然放下手边的工作，饶有兴致地跟我说了一大堆，大致如下——

因为他有人养，所以他不太需要考虑收入问题，选择的方向就有很多，比如高端医疗器械行业，比如从事基础科研兼教书育人，或者重新进修一下去内科。

老师比较希望他去大学搞科研，他自己也有兴趣，但同时又对高端医疗器械行业很有兴趣。

很多大型医疗器械都是进口我是知道的，今天被他一介绍，才知道原来进口比例竟然高达百分之九十几。这些昂贵的进口器械导致医疗费用居高不下，每年的医保很多都是进了外国公司的腰包。而国内的医疗器械公司起步晚，生长空间受到各种挤压，发展非常缓慢。

我听完觉得每个方向都很有意义，关切地问："那你做好决定了吗？"

"还没有，双远这边的情况我短时间内不会走。以后的话……"林屿森一脸深沉的烦恼，"感觉各行各业都需要我，实在是供不应求。"

我："……"

都说男人恋爱前后是两个人，好像是真的哎。但是我是不是对他已经有滤镜了啊？居然觉得这样的他风趣又可爱？

林屿森对我一脸无语的样子显然很不满意，扬眉问："我哪里说得不对？"

我这表情是觉得自己不对劲好不好。

"哪里都对，大家都太需要你了。"我敷衍他。

"谢谢肯定，那你呢？"

我？我什么？

我眨巴着眼睛，脑子里迟缓地转换了半天才明白过来，他好像在调戏我？！我不太确定地问："我们不学习了？到下课谈恋爱的时间了吗？"

林屿森："……"

嗯……

接下来就不描述了……

只能说，林先生也不是什么意志坚定的人嘛。

不过如此！

晚上送我回去的路上，林屿森总结了他优秀的前半生："看来我以前这么杰出优秀，完全靠没谈恋爱，你太让人分心了。"

？？？

微笑。

送到停车场我就坚决把他打发走了。如果送回宿舍，不知道又会甩什么锅给我。

洗脸刷牙爬床一气呵成，一看时间，居然已经十一点了，闭上眼睛准备睡觉，却怎么也睡不着。

这时候感觉一个人一个宿舍有点冷清了，好想随便抓一个人说很多很多话啊，要是和殷洁、羽华一起住就好了。

我左思右想，胆大包天地给老妈发了个消息："妈，你睡了吗？"

不一会儿，老妈直接打来电话："你怎么还没睡觉？跟林屿森去哪里玩了？过完年就回了一趟无锡。"

"加班啊，每周都加班。"这可是大实话，我不给她多问的机会，先下手为强，"妈，我觉得你们好像没有把我培养得很好，你看林屿森也就比我大几岁，懂得比我多多了，跟他聊天经常显得我很呆。"

老妈也不生气，礼貌地询问了我一下我何出此言。我正中下怀，叽叽喳喳说了一大堆。

老妈听完对林屿森表示了一下赞许，然后温和克制地说："有没有可能，是各人的资质问题？"

太过分了！她怎么还搞起人身攻击了。

更过分的是她还举例："你看盛行杰，从小被盛老爷子带在身边，不也看不出什么争气的地方。"

我难以置信："妈，你居然拿盛行杰举例，我怎么也会比他争气多了。"

第十二节

老妈怀疑："真的？"

"当然是真的，你等着！我现在只是初出茅庐！"

老妈保留态度："那再看你两年。对了，你爸爸可能不同意盛远把双远的股份赠予林屿森。"

妈妈轻描淡写地扔下了重磅消息。

我一下子从床上坐了起来："什么意思，这关他什么事？"

在盛家吃饭发生的事情，我早就一五一十告诉了老妈，当然经过了林屿森的同意。不过林屿森那些私人的事以及他要转行的事我没说。

"我知道把股份转让给第三人要半数股东同意，但是他为什么不同意？"我跳下床走来走去，真的不能理解，"妈，这件事你不能干涉吗？"

"按照离婚协议的约定，我干涉不了。"

"他到底为什么？他是觉得林屿森经营不好公司，会让他利益受损吗？"

"等他来找你你就知道了。聂总来询问过我的意见，想拉我做同盟。"妈妈冷笑一声说，"曦光，我有个建议，看看你做不做得到。"

"什么？"

妈妈淡淡地说："把你爸爸手里双远的股份也都要过来。"

"啊？"我有些惊讶，"可是你不是跟我说过，不准拿爸爸一分钱吗？"

我可是牢牢记在心里从来没违背过。

妈妈平静地说："小零小碎拿了有什么意思，只会让他心里舒坦，久而久之就不觉得亏欠你了。但是大头的东西，该是你的，一样都不可以少拿。这些年你没从他那要一分钱，但凡有所要求，他一定竭尽所能让你开心，明白了吗？"

我听明白了，也才知道原来多年前老妈不让我拿爸爸一分钱，竟然是出于这样的考虑。不知道怎么的，情绪居然有些低落，有些怏怏地应了一声。

妈妈叹了口气："至亲至疏夫妻，何况我和你爸爸。曦光，林屿森现在听着很好，但是你爸爸，也曾经很好过……我希望你明白，再爱一个人也要有防备，心里要有一处自己的堡垒。当然，妈妈希望你一生都不需要退到自己内心的小堡垒之内。"

"嗯。"

我听得眼睛酸酸的。

妈妈却笑了起来："你说你比盛行杰强，盛行杰可是从那么多竞争者里胜出的。你作为独生女，如果从你爸爸手里连双远的股份都拿不到，以后就别看不起人家了。"

第十三节
JIAOYANG SIWO

有了妈妈的铺垫,对于爸爸的到来,我并不太意外,不过没想到来得这么快。

周一下午,我刚上班就接到了他的消息。我跟科长请了个假,离开公司前又打了个电话给林屿森。

"下午我出去一下,本公主要替你去屠个龙。"

"什么?"林屿森难得跟不上状况,"什么龙?"

"我爹。"

爸爸把我约在了老城区的一家茶馆。估计还有别的什么事,并不是只为我而来,他迟到了半小时。

我在茶馆小包间里喝着茶,看看窗外的小桥流水,气定神闲地等着,并不怎么在意。然而聂总却好像是带着怒气来的,一坐下来,开口便是质问的口气:"你去盛家吃饭说的那些话,是不是都是林屿森教的?"

我闲散的心情一下子无影无踪,皱眉问:"哪些话?"

"什么将来林屿森会接手聂家的生意,这是不是你说的?盛伯凯第一时间就恭喜我了,白得了一个好女婿,不愁后继无人了。"

原来是这个。我无语,盛家人真会搬弄是非阴阳怪气。

不过我也理解我爸爸正值壮年,听了肯定不开心,于是解释说:"我说这个是因为当时他们太气人了,一副打发林屿森的样子,我故意气他们的。我保证林屿森对我家公司一点兴趣都没有。其实他对盛远都没兴趣,何况我家。"

结果我这么一解释,爸爸居然更生气了:"我看他是完全把你洗脑了。我从来不是势利的人,你找个哪怕家世不如他的男朋友都没关系,只要人品好,优秀。但是林屿森就是不行,我不同意。我已经接到盛家转让股份的通知,我不会同意,除非你答应我离开苏州,回无锡上班。"

我难以置信地看着他:"别人要把股份送给自己外孙,关你什么事?"

"我是股东,按照公司章程,这是我的权力。我不信任他的能力。"

他这完全是睁眼说瞎话,林屿森在盛远展现的能力有目共睹。说到底,他就是记恨林屿森曾经在盛远为难过他吧。

我耐心地跟他讲道理:"爸爸,你是因为之前他在盛远对你做过的一些事吗?可是你有没有想过,如果没有那场车祸,他还是那个优秀的外科医生,有很多绝望的病人可能因为他的存在而获救,他一生可以救很多很多人。而之所以会发生车祸,是因为你把马念媛带到了宴会上,纵容默许别人以为她是你……用我的名义约林屿森出来。车祸后你们完全不闻不问,你甚至说他对马念媛'趋之若鹜'……"

我不想去细想马念媛究竟在背后对爸爸说了什么,继续道:"那他之前在盛远给你使绊子,难道不是情有可原?这一切断送了他为之努力了十几年的职业生涯。而且以我对他的了解,他肯定在商言商,不会用什么出格的手段。"

然而这一番话全无用处,也许被我说中了痛点,爸爸反而更加执拗了,强硬地说:"这不代表,我要赔上一个亲生女儿。"

我一下子怒了:"你亲生女儿如果离开你,不是因为别的任何人!"

茶室内一时窒息般的沉默。

"我有一个问题。"我冷静下来,声音平稳地说,"为什么你们对间接毁掉了别人的职业生涯一点愧疚都没有?你知道林屿森为了去无锡出车祸,却完全相信马念媛的一面之词,以你的人生阅历,真的没有一丝怀疑吗?就算没有,那你现在知道了真相,为什么依然没任何愧疚,没有任何弥补,对林屿森反而有很多敌意?为什么?是因为知道自己对不起别人,所以心虚吗?你把他想象成一个唯利是图的小人,来减轻自己的负罪感,增加自己的正确性吗?"

"聂曦光!"爸爸霍然从沙发上站起来。

我依旧坐在沙发上,抬头看着他:"你口口声声说我是你唯一的亲生女儿,可是小时候你把我送到乡下好几年,这些年,你忙着照顾你的初恋情人和她的女儿,我又被你放在哪里?我在南京念书,你来过几次?我在苏州上班,在知道林屿森的事情之前,你来看过我吗?你一次都没来。"

"林屿森误会去无锡是见我,他恨我车祸后对他不管不顾太无情。如果不是我到苏州弄清真相,我一辈子都要为马念媛背锅。林屿森这么有能力的人，如果恨我，以后会不会顺手就报复我？你担心过这点吗？

"马念嫒有没有顶着聂程远女儿的名头做过别的事？是不是以后还会冒出别的锅让我替她背，这件事真相大白之后你调查了吗？你安慰过我吗？你惩罚过她吗？你担心过她做的事会伤害到我吗？你没有，你都没有。你一件都没做。"

我眼中有水汽在积聚，我也站了起来。

"爸爸，这个公司的股份，乃至所有你的财产，你想怎么样就怎么样，你可以给马念嫒，可以给任何人，我从来不想要，你休想拿这些来左右指挥我的人生和选择。"

"我再也不会盼望，你和妈妈复合了。"

出了茶馆，我一个人漫无目的地走了很长一段路，依稀电话响了好几次，才想起接起来。

当然是林屿森。

他没有多问，声音沉稳："曦光，你现在在哪？"

"不知道。"

"看下边上都有什么建筑或者店铺。"

我抬眼看了一下周边，跟他说了几个店铺的名字。

"在那等我，我十分钟左右到。"

跟林屿森描述身边环境的时候，我才发现我随着人流走到了一条颇为热闹的街道上，周围一圈全都是各种美食。

于是林屿森找到我的时候，我正坐在马路边上吃着东西，身边还堆满了各种小吃。

他疾步而来的时候神色间还满是担心，看清我的样子后，脸上的担忧全都化作了笑意。他走到我身边坐下，拿起一个纸袋就要拿出里面的东西吃。

"等一下！"我连忙拦住他，"这里面是梅花糕，我只买了一个，你只能吃一半。"

第十三节

他倒是听话地掰成了两半，但是吃完他那一半后，居然把另一半也吃了。我瞪大眼睛，满脸问号。他毫不愧疚地评价："很好吃。在哪买的？我再去买一个赔给你。"

"……算了。"

我低头，在一堆食物中找了块定胜糕。

"今天和聂总见面不开心？"

"你怎么这么快就到了？"

"想想不放心，跟着你出来的。"

"哦。"我把手里的定胜糕吃完，举起双手给林屿森看我脏脏粘粘的爪子，"我可以抱你吗？"

林屿森直接抓住我的手，把我拉入了怀中。我环抱住他，脑袋埋在他胸口，低低地说："对不起，我把事情搞砸了。"

"什么事情？"他低声温柔地问。

"股份转让的事。爸爸可能不会同意盛远把股份转让给你，他说他有优先购买权，如果盛远要转让，他会先买下来。我们大概要一起跑路了，我也去上海找个工作……就是觉得有点对不起小戴他们。"

"先别哭。"林屿森手指轻柔地擦着我的眼睛，"不是什么严重的事。"

我居然哭了吗？自己都没察觉，我用力擦了擦眼睛："反正他就是不同意，除非……"

我没说下去，但是林屿森已经明白了。

"聂总去年年底投入了大量资金在别的项目，资金状况并不算理想，腾不出那么多资金来接手这边。一个月内不行使优先权，就等同于放弃了。"

"真的吗？"

"我判断是。"林屿森抚摸我的头发，"所以不用提前担心，他只是吓唬你。"

"那要是他腾出资金来了怎么办？如果不是我扯在里面，他应该会同意的。"

"那就一起跑路,我也不是非要女朋友开公司养。"
我被他逗笑:"谢谢你降低标准哦。"
"不客气。"
林屿森低头轻轻地亲了下我的眼睛:"以后不要这么用力揉眼睛。"
"嗯。"
"还有,不要把责任随便往自己身上揽。"
"好。"我低声回答他,安静地靠在他怀里,不想动了。手指不自觉地揪了一会他的大衣扣子,我喊他的名字:"林屿森。"
他低头看我。
"我的梅花糕你不用赔了。"
"这么大方?"
"嗯,万一我爸爸害你拿不到股份,就当赔给你了。"
头顶上的人沉默了半晌,最后拍了拍我:"曦光,加油。"
"啊?"
"做生意,你是有天赋的。"

爸爸最终如林屿森所料地放弃了收购股份的优先权,然后我收到了他一条很长很长的短信,但是我只是扫了一眼,都没有细看。
不想看了。
不重要了。

可是不久后,他却又通过妈妈传话,说要把双远的股份全部转到我的名下。
随之而来的还有爸爸又一条短信。
女儿,我仍然对林屿森这个人保留意见。不是出于私怨,而是一个父亲对于任何接近自己宝贝女儿的男人的戒心和天然的反感担忧。但是你说得对,我不能凭主观好恶去干涉你的人生,爸爸只愿你开心健康,希望你永远不要受到伤害。

第十三节

第十四节

JIAOYANG SIWO

对于爸爸要转让给我股份的事，我并没有给予回应。而林屿森这边，没有了爸爸的阻挠，也顺利地推进了股权转让流程。

与此同时，公司的事务也有条不紊地进行着。扩建的厂区马上就要竣工了，要安排后续收尾和一系列验收；公司从成都一家经营不善的光伏组件厂商那购买了两条二手生产线，年前签了合同，但设备还没进场，要先招聘相关技术人员。还有要安排时间去上海D大光伏研究所参观，洽谈在苏州成立联合实验室……

当然这些事情我只是一个旁观者，本职工作还是做好我的小财务。忙忙碌碌中，时间进入了四月。

四月第一个周末，林屿森要去上海参加一个为期三天的神经外科论坛，问我要不要一起去："可能你会觉得无聊。"

"去。"

刚刚经历了财务月末地狱的我迫不及待想出去溜达一下。至于无聊，有什么事能比报表数据对不上找一个小时问题更无聊更折磨人的？

因为周五早上就有第一场讲座，我们周四下班后就出发去了上海，为此我还用上了我宝贵的调休。

路上林屿森主动问了我在上海住哪的事。

"我当然希望你住我家，你一个人住酒店三天我不放心，但如果住在我那，恐怕令堂不放心，那还是阿姨安心重要。"

我抓住重点："所以我的安危没有我妈对你的好感度重要对吧？"

"……"林屿森毫不挣扎马上投降，"言多必失，我的错。"

嘿嘿……

所以说，只要找对角度，错的永远是男朋友。

定好了住哪，我心里却暗自琢磨起来。林屿森家附近的酒店，上次元旦住的时候要两三千一晚，这几天虽然不是节假日，估计也不会便宜，住三天……搞不好要超过我一个月工资了。

虽然并不是付不起，林屿森或许还会抢着付钱，可是想想真的觉得

第十四节

好浪费啊，这钱用来吃饭多好。想着想着，我勇气陡生，斟酌了片刻，给老妈发了消息。

"妈，我跟你报备过我跟林屿森来上海玩几天对吧。你给我的房子还没弄好，我不想一个人住酒店，有点怕，而且太贵了。他家房子很大，客房有独立卫生间，我住他家可以？保证安全！"

删删改改写了好一阵子我才发出去，然后就战战兢兢地等回复，这阵子经常跟妈妈提到林屿森所言所行，希望帮他刷到了一点好感度吧……

过了十分钟都没回复，正当我以为没戏且要挨骂时，母上大人的消息来了，四个字——"下不为例。"

这是同意的意思吧？！

我把回复看了两遍，兴奋地告诉林屿森这个喜讯："报告一个好消息，我刚发消息给我妈，问她能不能住你家，我妈答应了，说下不为例，我们可以省钱啦。"

"什么？"正在开车的林屿森第一反应不是高兴，反而神色一变，"你怎么说的？把你发的消息念给我听听。"

这什么情况？

"……就说我去上海要住你家客房啊。"

林屿森一边开车一边叹气："聂曦光我给你提个意见，你下次做这种蕴含巨大风险的决策能不能提前跟我商量下？"

我一阵迷惘："怎么就蕴含巨大风险了？"

"万一你妈妈觉得是我在背后怂恿，我的个人评分会下降，甚至直接清零。"

"……你想多了吧。"

"完全不多。"林屿森忧心不已，"不过很高兴阿姨这么信任我，我觉得不能辜负这份信任，曦光，这几天在家里我们保持点距离。"

我：？？？

可以，这可是你说的。

"所以你来上海是陪男朋友听讲座的？那怎么有空把我拉出来喝下午茶？"

第二天下午，上海一家著名的庭院咖啡馆内，小凤好奇地问我。

我苦着脸倾诉："我觉得可能还是做账轻松点，早上讲机器人手术我还能听听，下午的我看了下介绍，就是传说中的每个字都认识，合在一起像天书，还有一场主讲人是老外，那我当然要跑路啦。"

"这种论坛可以随便去吗？"

"林屿森苏州一个医生朋友有邀请函，他临时有事来不了。我看也有临时进场的，会场很大还有空位。"

"哦。可你男朋友怎么还去听医学论坛？他不是已经转行当霸道总裁了吗？"

我犹豫了一下说："他现在想回医学圈，这个你千万不要跟容容他们提起。"

"我肯定不说，但是为啥啊？"小凤震惊，"医生很辛苦的，赚的也不会有当老板多吧。"

"不是当医生，可能去做科研吧。他在医学方面特别特别有天赋！老板到处都是，天才医生很少的，我愿意为国家做贡献。"

小凤蛋糕都忘了啃，目瞪口呆地看着我："西瓜，我怎么以前没发现你这么厚脸皮呢。就算你男朋友回去从医了，也是人家做贡献，跟你有什么关系？"

我默默地瞅着她，语重心长地说："凤啊，谈个恋爱吧。"

小凤连连摇头："不谈不谈，我一个人日子好着呢，反正你这两天要是无聊就喊我呗，晚上我带你去吃我们学校边上一家巨好吃的餐厅。"

"晚上林屿森定好餐厅了，你也一起来吧。明天他有餐叙，我去找你？喊上老大。"

"已婚的才没空呢，我喊了她几次……"小凤正要吐槽，手机响了，她看了一眼，"咦，思靓的电话。"

她接起电话："思靓……我不忙啊，我跟西瓜下午茶呢。"

"嗯，她来上海喊我出来一起喝下午茶，全程都在秀恩爱……明天周六我不上课肯定有时间的……啊你生日啊,哈哈哈……没忘没忘,就是暂时还没想起来……我肯定去……哦,我把手机给她。"

小凤把手机递给了我,我毫无准备地接过,连忙咽下蛋糕。

"喂,曦光。"

"思靓。"

"来上海就找小凤不找我是吧?"思靓嗔怪。

"又不是周末,你肯定要上班的啊。"

"也是。但是明天晚上我过生日请大家吃饭,你一定得过来。"

思靓语速快得很,根本不容我反对:"你肯定会在上海过周末的吧,别找借口说要回去。容容、庄序他们都有事来不了,你再不来,我这生日饭,吃得也太冷清了。"

思靓向来聪明,不着痕迹就把我的顾虑扫得一干二净。我不好再推脱:"好啊,几点?在哪?"

"地址一会发你们手机上。"思靓语气轻快起来,"你的大帅哥男朋友,有时间的话一起来呗。小凤说她狗粮都吃撑了,你也分给大家吃吃看是什么味道的。"

"无色无味的。"我笑起来,"明天晚上他有约了,下次吧。"

"切,小气。那明天见啦,打工人去忙了。"思靓利索地挂了电话。

小凤拿回手机:"你不会怪我多嘴提到你吧?"

"没事啦,林屿森明天晚上有饭吃,我本来也闲着。"

"我这不是担心你不想和容容他们见面嘛。不过他们都谈恋爱了,遇见也没啥吧?而且容容和以前也不太一样了。"

我好奇:"容容怎么了?"

小凤吃着蛋糕想了半天:"不知道怎么形容,好像变温柔了,还说过你好话。"

我震惊,连忙追问:"真的吗?具体什么好话?"

"说毕业前那次的确冤枉了你,她挺不好意思的,以后有机会要正式道个歉。思靓就说她也不是故意的,上次老大婚礼前碰到已经道歉过了之类的。"

小凤合掌:"我的错,再次跟你道歉。"

"已经过去啦,再说你当时都拉着每个人说清楚真相了。"我也是因为这件事更愿意跟小凤来往。有时候犯错是无心的,却不是人人都愿意面对和尽力弥补。

但是容容会这么说真是不可思议,我也想了半天,猜测:"她是中彩票了吗?"

小凤耸肩:"也许吧!我形容不好,你明天自己体会。"

"哎,思靓说容容明天不去。"我说着都有点遗憾了。

看看桌子上的蛋糕吃得差不多了,我伸手叫来了服务员结账:"走吧,去买礼物。"

逛到快要吃晚饭的时候,林屿森开车过来接我们。小凤被她导师临时召唤,错失林总大餐一顿。

把小凤送回了学校,我们便开车去吃饭的地方,路上我想起来跟林屿森报备:"你明晚要跟老师去吃饭对不?我也有饭吃了,去参加同学的生日宴,吃完还有KTV唱歌什么的。"

思靓发来的短信上安排得很详细。

林屿森皱皱眉,不知道想到什么:"大学同学?"

"嗯,老大婚礼上你见过的,思靓。"

"哦。"好半晌,林屿森才应了一声。

我暗自偷笑:"本来我也不想去的,毕竟也有同学关系,嗯,一般,但是正好一般的都没来。"

司机眉间舒展了一点点。

"所以呢,明天我们各自活动,但是你一有空就要给我发消息,一个小时,算了,两小时吧,两小时起码一条。吃饭的时候要给我发吃了什么,给我拍照,晚上吃完要来接我。"

司机大人眉间彻底舒展了,语气却一副不情不愿的样子:"这么多要求?"

第十四节

"你把我带来上海的呀,你不要负责吗?"

"要的要的。"他一脸无可奈何,"我明天定好闹钟按时发送,不过你先付点信息费怎么样?一毛钱一条有点贵。"

"什……"

我话还没说完,便被某人趁着红灯停车的工夫亲了一下。

等红灯过了重新开车。

我:"保持距离?"

林屿森冠冕堂皇:"现在不在家里。"

好的,林氏保持距离。

第十五节
JIAOYANG SIWO

不用一大早去听讲座,周六我一觉睡到了中午。下午没什么事情,本来时间很充足,没想到随便东摸摸西摸摸一下,晚上思靓生日宴差点迟到。

生日宴还是满热闹的,大部分在上海的同学都来了,菜也很好吃,吃完大家又一起去KTV。

刚进KTV大门,思靓手机响起来,她看了一眼接起,神色有点奇怪:"喂,容容……谢谢啦,哈哈……我们刚刚吃完饭,现在刚到KTV唱歌……你要过来啊……"

她眼睛看向我,嘴里说道:"当然欢迎啊,曦光也在呢……好。"

她把KTV地址报了过去。

挂了电话,她把我拉到一边:"曦光,容容要来,你也看到了,我根本不知道她要来,你不介意吧?"

"没事没事,来就来嘛。"想想昨天小凤跟我说的那些话,我居然有点期待,"不过……"

我突然想到一个问题,庄序不会和容容一起来吧?

神色间略一犹豫,思靓便立刻察觉了,突兀却恰到好处地说:"说起来,庄序和容容不知道出了什么问题,最近容容和我们吃饭,一次都没提过他。"

"啊?"我打了个哈哈,不予置评。

在包厢里唱了大概半小时歌,容容如约而至。她一袭白色套装裙,外披棕色风衣,身形优雅,容光焕发,一进门便叫所有人眼前一亮。

唱歌的男生歌也不唱了,拿着话筒致辞欢迎:"看看这是谁来了,欢迎我们A大商学院大美女叶容。"

容容朝他摆摆手,径直走到女生这边坐下,把手里的东西递给了思靓:"礼物,生日快乐。"

思靓一看之下眉开眼笑:"你都没来吃饭,送这么贵的礼物。"

容容:"看着好看就给你买了。"

说完她目光便转移到了我身上,神情自若地打招呼:"曦光你也在。"

"正好来上海办事。"

思靓收好礼物吐槽我:"她周五就来了,就联系了小凤,也不找我们玩。"

老大眼风顿时扫过来,我连忙狡辩:"你也说了周五嘛,你们肯定上班的啊。"

老大和思靓毫不买账,我只能举双手投降:"这个月底我应该还有工作要来,到时候请大家吃饭?"

大家这才满意:"这还差不多。"

容容一来歌都没人唱了,男生们都围过来寒暄打探,一个个八卦得很。

"盛远工资这么高吗?叶容你这打扮看上去就不便宜啊。"

"你们公司还招人吗?叶容你能不能内推啊?"

"庄序怎么没来?"

"你们怎么这么八卦。"思靓把他们赶走,"女生聊天你们别过来行不行,去隔壁打桌球。"

男生们意犹未尽地被赶走了。

他们一走,老大便好奇地问:"容容你换了个包?没见你背过啊。才换手机呢又换包,这个牌子不便宜吧?"

容容笑了:"也不贵啦,几千块钱,在我们公司根本不显眼,我就是喜欢这个小小的样子。"

思靓打趣说:"几千块还不贵,真舍得。自己买的啊?还是……"

她语带试探。

容容说:"想问什么就问,拐弯抹角什么,我自己买的啊,去年年终奖还不错,男朋友要送我没让。"

大家都一愣。

思靓:"你谈男朋友了?难道是……"

容容打断她:"上次跟你们提过的,我的上司,盛行杰。"

思靓愣了几秒,有点夸张地"哇哦"了一声:"不得了了,你这是

第十五节

要嫁入豪门了吗？什么时候的事情？"

"年后才在一起的，一直没跟你们说。不过他追我很久了。"

思靓啧啧称奇："我们宿舍的风水也太好了吧，两个人嫁入豪门。"

小凤说："不算吧，曦光家本来就有钱。"

"我忽然想到个好玩的事。"思靓开玩笑说，"曦光，容容，你们以后岂不是亲戚了。"

我："……"

那可真不是个好玩的事。

"是啊，我们还挺有缘的。不过曦光和林总以后大概会住在苏州吧，不能经常一起玩了。"容容目光再次落在我身上，语调意外的和缓。

思靓说："不会吧，怎么说曦光男朋友也是盛远董事长的外孙，不会一直在外面吧？"

容容说："我也是听行杰说的，说他爷爷把苏州的公司给林总了，曦光，是真的吗？"

"真的啊。"我才从容容和盛行杰在一起的震惊中缓过神来，愁眉苦脸地说，"我们在苏州艰苦创业呢，天天加班。"

老大隔着小凤伸手捏我的耳朵："好了大小姐，就你会装可怜。"

我拍开她的手："老大你怎么还没改掉这个毛病啊，你以后的宝宝耳垂肯定特别长。"

大家一下子都笑开，老大捶了我一下："整天就知道胡说八道。"

笑声中我跟小凤低语："好像真的和以前不太一样。"

小凤说："破案了，原来是谈恋爱了。"

我认同，应该是这个原因吧。谈恋爱就是会心情很好很开心，哪怕不在一起，收到一条短信都会神采飞扬。

所以，林屿森有多久没给我发消息了？

我从包包里拿出手机点开短信，果然没新消息，上一条消息已经是两个半小时前。

不是说好两小时报备打卡一次吗？一点都不信守承诺！

我发消息过去："吃上饭了吗？照片呢？说好两小时的呢？超时了。"

我低头认真地发着消息,思靓站起来捡起了话筒:"趁他们打球我们赶紧唱起来,等回来了就抢不到了,一个个都是麦霸。"

老大连忙说:"你们唱你们唱,我唱歌不行。"

然而还没开始点歌,在外间打桌球的卓辉就兴奋地冲了进来:"思靓,你看谁来了。"

"谁?"

"庄序啊!"

庄序?

大家俱是一静,我从短信中抬头,恰好看见卓辉让开身体,身后的人走入眼帘。

短暂的安静过后,思靓看了下庄序,又转向容容:"你们两个前脚后脚到,不会是约好的吧?"

"不是。"

两人竟同时回答。

庄序目不斜视地向思靓解释:"我今天有工作在附近,卓辉刚打电话问我有没有空来,说……所有人都来了。"

"我就也来了。"他将手中提着的纸袋子递给思靓,"仓促准备的,生日快乐。"

思靓笑容满面地接过:"人来就好了,一个个都这么客气。"

说心里没有一点异样大概有点假,目光落在他身上的一刹那,我心里多少有些波动,但是淡淡地转瞬即逝。

何况我的短信铃响了。

我立刻点开短信,林屿森哀怨的样子跃然信中:"在吃了,淮海路的XXXX餐厅,不好吃就没拍。哪里超时了,上一条你隔了半个多小时才回我,我合理顺延。"

我当时着急忙慌地赶时间没注意到嘛。自知理亏的我绕过话题:"你什么时候结束啊?"

第十五节

"不知道，大拿们正慷慨激昂各抒己见，火药味甚浓互不相让。"

我肃然起敬："在讨论很专业的东西吗？那你好好听，不要回我了。"

"专业。哪个酒庄的红酒更值得收藏。"

我……回了六个点。

我沉浸式地按手机，莫名却觉得有点异样，抬起头，大家正在热热闹闹地点歌，并没有什么异常。

小凤凑过来偷看："你干什么呢？这么一会也要一直发消息。"

我推开她的头："很长一会了好不好。"

小凤撇嘴，热情地跟我推荐："这里的鸭舌好吃，你要不要来一个？"

KTV里重新热闹起来，大家轮流唱起了歌，不过位置还是跟大学那会似的，男生坐一边，女生坐一边，各说各的。

我和小凤、老大跟卤味拼盘干上了，歌是一首没唱，毕竟是五音不全三人组。容容和思靓唱歌好听，各自唱了两首，引来一片掌声。

后面主战场就交给了男生，她们坐边上聊天去了。伴奏声低的时候，依稀几句零碎的话飘入耳朵，好像在说盛行杰。

我忍不住瞥了一眼，容容笑得很舒心。

又一首歌的前奏响起，卓辉喊道："信仰，张信哲的信仰，谁点的？"

老大老公边吃东西边喊："我点的，切了切了，我喝多了唱不了这么难的。"

老大瞥了他们桌上一眼，惊了："你们几个人是喝了多少？当水啊。"

思靓说："难得开心，别管他们了。切了，下一首。"

我非常喜欢这首歌，不觉有点可惜，老大老公的嗓子其实还可以呢。正想说是不是可以开原唱，却见桌边的话筒被一只修长的手拿起。

"我来。"

清冷的声音响起，包厢里静了静。

思靓愣了一下后立刻鼓起掌："神奇神奇，我们庄大帅哥也要献唱，百年难得一遇的奇景。"

卓辉说："他不是唱过这首，毕业前有次去KTV。"

思靓说："那次不是KTV满了没去成？"

卓辉"哦"了一声："记岔了，是后来有次跟我们班里的同学。"

庄序完全没在意他们的对话，目光专注地看着荧幕。

音乐声渐响，将他们的对话覆盖。

每当我听见忧郁的乐章
勾起回忆的伤
每当我看见白色的月光
想起你的脸庞
明知不该去想，不能去想，偏又想到迷惘
……

我从来没听过庄序唱歌，原来他唱起歌来……也是很不错的。

我已经忘记是哪一天，但是我记得是个夜晚，宿舍里，大家都躺在床上，小音箱里轻轻放着歌。

其中就有这首《信仰》。

那阵子正好有人在女生宿舍楼下摆蜡烛唱歌表白。我听着听着，毫无来由地说了一句："前天那个师弟表白，歌没选对，唱这首说不定就成功了。如果有人在宿舍楼下对我唱这首歌，我一定答应。"

当时被宿舍里的人笑得不行。

可是我是认真的，年少的我想，如果有一个人那么认真地对我说，我爱你，是我的信仰。

还有什么比这更动人。

那时候我已经认识了庄序，甚至为了他搬回宿舍。

第十五节

可是说这些话的时候却完全没有想起他，因为他绝不会。

一时思绪在歌声中有些飘远，下一刻，唱歌的人却在高潮前停住了歌声。

男生起哄："怎么回事，到高潮不唱了。"

"不会了。"庄序放下话筒走回了座位。

思靓在伴奏中大声说："听说过只会唱高潮的，哪有只会唱前面的？"

小凤点评："这才正常，我实在无法想象庄序唱这样的情歌。"

我从回忆中彻底抽离出来，我想我该走了。

但是不能是现在，等别人再唱两首歌之后，这样才会不刻意。

于是又两首歌后，我起身告辞。

KTV在一栋购物中心里，出来后，我先去了一趟卫生间，出来的时候居然看到庄序在等电梯。

我脚步不由慢了下来，正想着怎么避开，他却一眼望了过来。

"聂曦光。"

他远远地叫我的名字。

我没想到他会跟我打招呼，停住了脚步。

"不在宿舍楼下唱，可不可以？"

一瞬间，我简直是惊骇地望向他，脱口而出："你怎么知道的？"

庄序没有回答我，就那样站在那里。身边的电梯门缓缓打开，他没有动，直到电梯门快要合上时，他才伸手挡住。

"抱歉，喝多了。"

"不过是一首歌。"他自嘲似的一笑，走进了电梯。

我跑到了林屿森吃饭的地方等他。

没告诉他我过来，我坐在餐厅门口的长椅上，认真地盯着门口进出的人，渐渐地却晃神发起呆来。不知过了多久，一双长腿出现在我眼前，有人弯腰含笑跟我搭讪。

"这位小姐，你的表情看起来好像迷路了。"

我抬头，直接伸手搂住了他的脖子。

林屿森有些惊讶，顺势把我抱了起来："怎么都跑这来找我了，今天参加生日宴不开心？"

"不是。"我把头埋进了他颈间，"就是忘记了你家密码怕进不去，你快带我回家。"

第十六节

JIAOYANG
SIWO

"带你回家没问题,不过……"林屿森为难地说,"你要不要跟老师他们打个招呼?"

我在他怀抱中僵硬了几秒,默默探出脑袋看了下,三个老头正笑眯眯地看着我们。

回去的路上林屿森心情很好地跟我介绍了一下这群老头的来历。嗯,平时见一下要约好久的老头们,我一下子见了三个。

听到其中一位是北京神外的权威之后,我顿时警觉:"你不会要去北京吧?不行,太远了!"

林屿森笑:"不去不去。"

我又觉得自己有点过分,怎么可以干涉他的职业前途呢,就算他是自己的男朋友这样也不对啊,于是又不太情愿地补充:"如果机会特别好的话,也可以考虑。"

"哦?那你怎么办?"

还能怎么办啊?

我大义凛然地说:"我在这边打工供你上京。"

林屿森:"……谢谢你。"

"客气客气,所以你是打算回大学搞科研了吗?"

"老师带我认识一下而已。"

虽然是而已,但是我已经展开了想象力……穿着白大褂在实验室做实验的林屿森,大学讲台上讲课的林教授……

"我觉得很不错。"我大力肯定,"你当研究员或者教授的话一定很帅,到时候我可以去学校偷偷听课……"

从方师兄口中风靡了一整个医学院的医学生变成风靡了一整个医学院的教授,而这个人是我男朋友……哇!想想就虚荣心爆棚。

我一时浮想联翩,林屿森好像说了什么我都没听清楚,过了好几秒才问他:"你刚刚说什么了吗?"

林屿森叹气:"我说,说到帅,我有一段录像,堪称人生中最帅的时刻,你要不要和我一起看?"

第十六节

那当然要啊！

林屿森被我的态度激励，开车速度都快了一点。到了他家，他带着我直奔书房，打开电脑点开了一个视频。

然后我就懵了。

一路上我一直在想他最帅的场景会是什么，是学生代表发言？还是他博士毕业？或者参加什么活动？

万万没想到，居然是一段手术录像，而且是有点血淋淋的那种……

林屿森眼疾手快地关掉："点错了，这是中间的。"

说着他挪动鼠标要去点文件夹里另一个视频。

"等一下！"我看文件夹里大约有七八个视频，警惕地问，"这几个视频全部是手术录像？"

"对，同一台手术的，比较长所以分了几个视频。"

"多长啊？"

"接近十个小时。"

我先鼓掌："好厉害！"

接着放下手，严肃地表态："那我们可以直接看结尾吗？"

林屿森："……"

我鼓励他："就是你从手术台上走下来的那一刻，我觉得一定超帅的。"

"这个要求的话，开头也可以看看，是手术前演练。你就只想看人是吧，曦光你怎么这样？"

……

我不想看血管和脑组织有错吗！

他摇头叹息着点开了第一段，开头就是穿着白大褂的林医生侧颜暴击。他应该是在医生办公室，站在挂着MRI片的灯箱前，正对着家属和其他医生说着什么。

上次他在我病房里装模作样不算的话，这是我第一次真正看见他当医生的样子，目光不禁完全被这个陌生而专业的形象吸引了。

"这是在说手术思路。"

林屿森的神情霎时沉静了下来,徐徐在我耳边讲解:"这是我做过的最成功的手术之一,术后患者恢复情况超出了预期。今天老师在饭局上提起,有位教授让我把视频发给他,我自己也忽然想看看了。"

"这个手术非常难吗?为什么会录下来?"

"难。当时医院要录制一些公开的影像资料,可以减免部分医疗费用,我征得患者同意后主动跟院方争取的。"

我点点头,和他一起安静地听视频里的林医生讲解手术思路。

十分钟左右的手术思路预演结束后,镜头一转,林医生已经在手部消毒,然后在护士的帮助下换上手术衣。

这个视频拍得很详细,还有核对手术器械等流程,全部结束后。

"开始吧。"

镜头里的林医生沉稳地说,迈步走向了手术台。

明知道这个手术必然是成功了,我还是陡然紧张起来。谁知道镜头才转到病人在消毒的脑部,林屿森却挪动鼠标把视频关掉了!

我立刻扭头,林屿森扬眉:"你不是说只要看开头和结束?"

话是这么说……但是……

我还没想到说辞,林屿森已经点开了最后一个视频,拉到了最后手术结束的时候。

"太长了,你要早点睡觉,看下最后吧。"身边的林屿森说。

"视野内已经清除干净,我下显微镜了。"视频里的林医生说。

这时候帅气的林医生已经不那么帅了,虽然语调和双手依旧稳定,可是额头上却覆盖着豆大的汗珠,嗓音也干涩嘶哑起来。

随后镜头一转,他走出了手术室,跟白发苍苍的病人家属说起了手术情况。他说得非常保守,病人家属却一脸欣喜若狂。说了几句后,衣着朴素却干净的老人们甚至喜极而泣掩脸哭了起来。

"他们并不是上海本地人,一路求医到上海,心力交瘁弹尽粮绝,所以手术成功后比较激动。患者现在已经能正常生活,过年前我还收到他的邮件,说父母身体健康,他恢复良好已经能做点轻松的工作,再过

第十六节

两年就能还清债务了。"

我心中一阵恻然，转而又感到欣慰。悄悄转眸看向林屿森，他正目不转睛地盯着屏幕，说话时脸上微微带上了笑意，并没有注意到我的目光。

此刻视频里疲惫至极的林医生也微微带着松弛的笑意。他索性拉着病人家属坐了下来，温柔耐心地解答着他们的问题。他不停地宽慰安抚着他们，眼角眉梢间，全是倾尽全力后的满足。

我突然想到，这就是他对我说的"专心投入然后做成一件事后无与伦比的快乐"吗？

应该是的。

但是这样满足的，充满成就感的他，我从来没在别的时候见过。

我的林医生，曾经是世界上最认真、最负责的医生之一，现在他不能再上手术台了，可是在计划着做别的厉害的事。

他应该早日回到医学圈去，而不是在不感兴趣的地方空耗。

这个念头猛然扎进了我的意识中。

可是我没有说出口，因为这样的话一点意义都没有。林屿森不会就这样随便扔下公司不管，一定会在公司完全上轨道后才离开。

他就是这样有责任感的人啊。

可是这要多久呢？半年？一年？会不会到时候又发生别的什么事让他脱不开身？

有时候也会想，林屿森喜欢我什么呢？

好像是因为干妈的宴会上看到我有了好感，后来因为车祸，又有了执念。

可是，这是很薄弱的基础吧？

虽然他运气非常好，我的确很不错，理论上应该会越来越喜欢我，但是我也有一点小小的缺点，比如有点点懒散……虽然这也不算缺点……可是林屿森却是很上进很勤奋的人啊，是那种带着天赋又努力的人。那时间久了，他会不会觉得我太没上进心了呢？

虽然我确信无论如何他都不会伤害我，但是感情的事，好像不能依赖对方的人品，那对对方也不公平吧。

视频已经播到了尾声，最后一个镜头是林屿森和护士们远去的模糊掉的背影。

林屿森关掉了视频，开始打包给教授发邮件。

我默默看着他忙碌，不知怎么的，心中突然萌生出一种想要好好努力的冲动。

不仅仅是因为他，也不仅仅是为了想让身边的人早一点去做他想做的事，更是因为，我自己也想变厉害一点点了。

我想体会这种尽力而为后的快乐，想得到更多的赞美和肯定，想有一天林屿森看我，像现在我看视频里的他那样两眼发光。我想和这样光芒熠熠的人在一起，但是不能只让他闪瞎我的双眼。

嗯！

我霍然站了起来："林屿森，我们明天不在上海玩了吧，早上吃完早饭就回苏州去。"

还没发完邮件的林屿森疑惑地看向我："不是说要去吃你同学推荐的餐厅？"

"下次吧。"

"怎么突然这么着急回去？"

"我要回去加班！"

大概我态度太坚决了，林屿森提个建议都小心翼翼起来："吃顿饭的时间还是有的？"

"不行，你不了解我，时间一长这口气就散了！"

第十六节

第十七节

JIAOYANG
SIWO

这是一种智慧，不知道有没有人懂。

就是，我明明打算十分努力了，但是我只说打算稍微努力一下。这样后面万一办不到也不是很丢脸，万一办到了——哇！那就是惊喜。

……

这种没啥用的智慧占满了我的大脑。

回到公司，虽然做的还是之前那些工作，不过心态上一积极，表现出的样子就完全不一样了。没几天，小戴便发现了我的"异常"。

这是一个周六，一大早我就爬起来跟着小戴去刚竣工的新厂区检查，为下周相关部门来验收做好准备，还有就是为新生产线进场做些安排。

说是新生产线，其实不算新了，是从成都一家光伏组件厂商那买的二手设备。当然设备本身并没有什么问题，从国内买不仅便宜，还省了一大笔海外运输费。

说起来现下光伏组件的生产设备基本都是进口的，和高端医疗器械面对的境况差不多，但是慢慢都会变好吧，起码配套设备目前已经国产化了。

忙了一上午，中午我和小戴一起在厂里吃盒饭。懒得去厂区管理中心了，我们直接在车间找了个相对干净的台阶坐着吃，特别不讲究。

小戴对我的盒饭探头探脑，有点企图不良的样子，我坐远点用手护住，警告他："男女授受不亲。"

小戴一脸冤屈："就看下你吃什么，你怎么乱扯啊，林总听到误会怎么办？就算他不知道，我的名誉不重要吗？"

说啥都没用，我又坐远了一点。

吃了几口饭，小戴突然说："小老板，我发现你这几天好像变认真了啊。"

"我之前难道不认真吗？"

"之前？"小戴"嘿"了一声，"人虽然被抓来开会，但是也会在笔记本上画猫猫狗狗。"

第十七节

"……"

"观察男朋友，顺便画下不成形状的男朋友。"

？？？

这我就不同意了："林总开会这么帅，你怎么能说他不成形状。"

"我说你画得丑。"小戴开启了吐槽模式，"你看看，就知道看人家长得帅吧，林总说的话你是一句没听啊。"

"你少污蔑我！我还是学到了很多的。"

不想搭理他，可是吃了两口饭，还是不服气，我转头告诉小戴："你等着啊，我决定证明本A大高才生比你们J大的强！"

小戴从盒饭中抬头，表情迷茫了一下，随即震惊地说："你下战书啊？"

"对！"

小戴停下筷子，不知道在想什么，半晌问我："小老板，林总有没有跟你说过我是从西部偏远山区考到上海的。"

"没有啊。"

"我的老家……"他目光有点放空，"什么都没有，上个小学要走一个多小时山路，小时候学校和家里还经常没电，你无法想象吧……你不要同情我。"

我愣了一下后，连忙摇头："没有没有，我发誓我发自内心地没有同情你，再说你现在光鲜亮丽活蹦乱跳的我也找不到地方同情啦。"

小戴："……"

他怅惘的情绪维持不下去了，草草收场总结："总之吧，你们投胎在好地方好家庭的人是不会懂的。我自己算出来了，但是家里还有父母和妹妹，不拼怎么行。之前在外企，工资是高，也算轻松，但是中国人在外企前途也就那样，看得到顶，不如出来干一票！"

说完他扒拉了一大口饭。

我的表情一时难以形容："虽然但是，我们正规企业，也不至于用'干一票'来形容吧。"

"失误失误。小老板，我就是告诉你，跟我下战书，你这点努力差远了。我们林总一天睡四五个小时,你以为我睡多久?"

我:"……我就说说嘛,吃饭吃饭,别当真啊。"

我前面真的是开玩笑的,但是现在嘛……

哼,看不起我,回去我就偷偷用功!

这时新厂区的技术主管陈姐也拿着盒饭过来了,往台阶上一坐,打开盒饭和我们一起吃起来。这个主管是连同生产线一起从成都挖过来的,是个三十多岁英姿飒爽的大姐姐,才来几天,已经成为公司食堂的粉丝。

果然才吃了一口,她又夸起来:"这回锅肉做得地道,我们公司食堂真不错,我以后身材堪忧了。"

"陈姐你不用减肥啊。"我夸了一句后立刻帮男朋友邀功,"食堂是去年林总来了才改进的。"

小戴也是第一次知道:"是吗?我们林总看来很关心公司员工的生活啊。"

"可能是自己爱吃?"

"有道理,我们不能高估人性。"

陈姐:"……企业文化?"

呃……

陈姐震惊的神情很快化作了了然:"学会了,收到。"

小戴都发现我变勤奋了,林屿森却迟迟没有发现,我有点不满了。晚上林屿森忙完自己的事,接我到他家吃饭,饭桌上我叽叽喳喳说完了我和小戴要PK的事,然后质问他:"你没有发现我最近很用功吗?"

林屿森很淡定:"当然发现了。"

"那你怎么这么无动于衷?"

"哪有,我暗自窃喜。"

"……"你的脸上但凡有一点点"喜"呢?

我的表情大概有点委屈,林屿森禁不住笑了:"给你准备了奖励,吃完给你。"

第十七节

居然有奖励?

还是男朋友好啊,我三下五除二地吃完饭,眼巴巴地等着他发奖励。然而当我接过林屿森递过来的厚厚的一叠"奖励"时……

心里就一个想法。

浪漫……不存在了。

我深吸一口气,抬头看林屿森:"你知道你这个礼物相当于什么吗?"

林屿森眉峰微挑。

"相当于,大学谈恋爱送六级必过考研宝典,高中送五年高考三年模拟,所以你是以什么样的心态送我这个——"我把手里装订好的册子举到他眼前,"《双远五年发展建议计划书》?"

"那怎么一样?"林屿森一点都没认识到自己的错误,居然试图说服我,"这是我自己写的,你刚刚说的那些都是印刷品。"

你自己写的又怎么样?又不是情书!

"而且你刚刚不是说要偷偷下功夫赢小戴?这难道不等于武侠小说里谈恋爱里送武功秘笈?"

咦……

有点被说服。

我默默把举着的手放下来,再看手里厚厚的册子,感觉完全不一样了。它现在金光闪闪,名叫《三天速成公司老大》《初入职场拿捏上司》。

"行吧。"

我转身霸占了他家最舒服的沙发,立刻开始看起来。

结果林屿森反而不适应了,在原地站了几秒过来:"就这样?"

"我就是很温柔很善良很好哄……哎呀,你走开啦,去忙你自己的。"我眼睛都懒得瞄他,一只手把他推开了。

结果推开未果还被人抓住了爪子:"你好歹听一下这份计划书的由来。"

"哦,你说。"

决定搞事业的女子就很高冷,即使爪子还被人抓在手里。

"这是去年我来双远一个月后提交给盛远的计划书,外公看完后立刻同意追加投资扩大生产规模。"

"等下!你不是说给我写的吗?欺骗纯情少女?"

"原本二十页左右,你看看现在多少页。"

我翻到最后,五十三页。

"所以这几天不仅你在干活,我补了很多东西进去,你慢慢看。"

表达完自己的良苦用心,他终于心满意足地走开去干自己的活了。

唉……林总现在除了偶尔工作的时候,一点都不高冷深沉了。

有时候还挺怀念的呢……

我认真地看起计划书。

开篇依旧讲了光伏的前世今生和公司经营状况,这部分因为最近的积累,我看得很快,直到后面未来展望和战略布局部分,我的速度才慢下来。

看着看着,我终于明白林屿森为什么说他这几天补充了很多东西进去了。因为每当我看到不太明白的地方,才要发问,便能看到下一行就是他的注解。久经商场的盛老爷子显然是不需要这些注解的,只有我这种商业小白(目前)才需要。

囫囵吞枣地看完第一遍,我合上计划书,不免被林屿森在计划书中所展露的野心震慑。增加研发投入,布局西部……

慢慢消化内容的同时,我不禁又想到了别的方面。

林屿森说这份商业计划书去年提交给了盛爷爷,他立刻同意了追加投资,那说明他对整个产业未来发展趋势和林屿森的判断是一致的。那盛爷爷会把双远的股份给林屿森,其实并不是一种打发?至于盛家其他人为什么会高兴,大概因为看到双远这两年效益不如从前,觉得没什么前途了吧。

不过他们这么想也不奇怪,盛远这样体量的企业,双远要怎么发展

第十七节

才能达到同等规模啊。

说起来双远的名字也有点土，显然是把盛远和我爸公司的名字二合一了一下，他们的影子就很重。

思维持续发散着，我突然灵光一闪，有些兴奋地提起："林屿森，我们要不要给公司改个名字啊？双远有点土，听上去就像盛远和远程的名字二合一。"

林屿森在书桌后抬头："盛远和远程在长三角也算两面大旗，不用这么划清界限。"

"有道理，就是有点可惜。刚刚我灵光一闪，想到了一个天选之名，感觉用了一定超级吉利。"

林屿森来了兴趣："叫什么？"

"光屿。"我加重语气强调了一下，解释说，"就是把我们的名字凑一下，毕竟是我们干活嘛。女士优先所以我的名字在前面，绝对没有压你一头的意思哦。"

林屿森连斟酌都没有，立刻改口："可以，改吧。"

我心中暗笑："不扯大旗了吗？是不是因为我把我们俩的名字放一起你才改主意的呀？"

"你想多了，纯粹是因为这个名字很贴切。"林屿森一脸正经，"光是能量，岛屿是载体，光屿可以解释为吸收储存光的岛屿，跟公司从事的行业很搭。嗯，曦光你取名很有灵气。"

我睁大了眼睛。

我有没有灵气我不知道，但是你是真的很会胡扯！

就这样，我在公司的日子变得积极又充实起来，当然我只是一个超级普通的大学毕业生，绝无可能一下子干出什么惊天动地的大事，反正一点一滴地积累吧。

这般忙忙碌碌了一阵子，有一天，林屿森突然问我："你上次说，盛行杰和你大学舍友在一起了？"

第十八节
JIAOYANG SIWO

彼时我和林屿森正在吃完晚饭送我回宿舍的路上，林屿森刚接完一个电话。

容容和盛行杰在一起的事，我上次回苏州的路上便跟林屿森提过了，当时他并没有什么反应，不知道为什么今天会问起。

"对啊。你怎么突然问这个？"

林屿森沉吟了片刻，把车停在了路边。我心里一突，有种不好的预感："怎么了？"

林屿森问我："曦光，你对你这位同学了解多少？"

"不太了解，我跟你说过的呀，我大学大部分时间住舅舅家的。"

"她父亲曾经是南京一家大国企的二把手，大概七八年前因为经济问题被举报开除了公职，后来换过几份私企的工作。"

我愣住："你怎么知道？"

"参加完你同学婚宴后我问了下，自然有人告诉我，那会我不是心存远志么。"他微报，"盛行杰身边的人还是会做个基本了解，何况她都撞到我脸上了。"

"所以呢？"我困惑地说，"你想说什么，难道容容的家庭会影响她和盛行杰的关系吗？盛伯伯和钱阿姨会反对？"

"倒是有这种可能性。"

然而林屿森却摇头："我对你这位同学毫无好感，但是必须要告知一声。刚刚行秀电话里提到盛行杰春节后一直在相亲，最近好像确定了目标，正在追求，不是你这位同学。"

"什么？"我震惊至极，话都说不连贯了，"你、你说他，脚踏两只船？"

"应该还没追上，前几天他请人回老宅吃饭，也是以朋友名义，但是……"他尽在不言中。

我消化了好一阵子，喃喃说："他怎么敢的？太无耻太过分了。"

"的确胆大包天，出乎我意料。其实我在盛远那阵子，他还算老实，做事也算有章法。"林屿森思忖说，"也许压抑本性太久了，一朝觉得地位稳固便胡作非为。"

"他地位稳固吗？"

林屿森哂笑一声："稳固的地位从来不是别人给的。"

他手指轻抚方向盘："这件事你打算怎么处理？"

"当然要告诉她。"我毫不犹豫地回答。

林屿森给予肯定："应该这样。"

"但是曦光，我要提醒你，就我观察，你的这位同学对你并非善意，如果她不想别人告诉她真相，你该如何自处？"

我一愣："怎么会？她虽然很讨厌，但是一直很骄傲。"

林屿森扬眉："这么确定？你并不了解她。"

这回我认真地想了想才回答："其实不管她是怎么样的人，我知道了肯定要说的，冷眼旁观的话，感觉像是盛行杰的帮凶。"

林屿森眼睛里浮起笑意，伸手摸了下我的头顶："抱歉，我小人之心了。"

"才没有，你一分钟都没耽搁立刻告诉我这件事了啊。"

"那你打算怎么告知？"

"回去打个电话吧。"我考虑了一下说。

回到宿舍，我却发现了一个问题，我没有容容的电话。

她们去上海已经集体换了号码，其他人的新号码我都有，唯独容容的没存。这……难道大半夜的去问小凤要？

小凤会不会奇怪我想干什么？

其实路上我想过要不要通过第三人转告，我和容容关系并不好，我告诉她的话，她肯定觉得没面子，说不定还会觉得我在看她笑话。

但是随便找哪个同学，有关盛家的事情，容容必然猜到消息来源是我，没有意义。而且越少人知道，就越少以讹传讹吧，纵然无耻的是盛行杰，但是时下社会，舆论上最后吃亏的总是女孩子。

我开始琢磨怎么自然地问小凤要到联系方式，一时间却想不出什么合适的理由。

或者其他联系方式？

啊……

我猛然眼睛一亮。我好笨，为什么没想到电子邮箱！

而且电子邮箱可以匿名啊，只要我注册一个新账号，容容就不会知道是我。这样以后彼此之间也不会尴尬了。

幸好我没她号码。

我拍了拍自己的脑袋，庆幸地打开电脑，飞快地注册了一个新的邮箱，简单地给容容的邮箱发了一句话过去。

"盛行杰最近在追别的女生，你别被他骗了。"

感谢宿舍最近通了网络！

接下来就是等回复，第二天上班我一天就看了三次，不免担心她已经不用这个邮箱了。

还好，就在第三天上午，我又一次偷偷登录外网查看时，发现邮件显示已阅读。

比我预期的还快，我把"已阅读"三个字看了好几遍，才骤然轻松起来。

事情解决，我小声哼着歌，安心地干起活来。现在我做账速度飞快，已经不是昔日的吴下阿财，一会工夫便消化了一大半单据，然而在看到一笔大额的辅料付款单时，却停住了手。

我看着金额皱起了眉头，奇怪了，去年我被某人打发去厂区大盘点的时候，记得这项辅料库存很多啊，为什么还要这么大笔采购呢？

我立刻问厂区办公室的小苏要了这两年该原料的出入库表。拿到表一看，我的记忆果然没有出错，仓库里就是还有很多库存。于是我又打电话问采购部，采购部给我的答复是，这几年都是按照这个节奏采购的，公司跟对方签了长期采购合同。

我觉得不可思议，这完全不符合生产经营逻辑啊。我很想看看原合同怎么签的，但是付款单后面并没有附带合同复印件，只能走后门了。

我发消息给林屿森："你和戴总开会回来了吗？"

他们早上一起被园区召唤去开会了。

"还没结束，你帮我和小戴带两份饭。"

园区喊人开会居然不管盒饭啊……那还是我们无锡客气！

于是中午我去食堂打了三份饭，跑到林屿森办公室等他们。

大办公室的人都去吃饭休息了，我走进林屿森的办公室，进门先拉好了百叶帘。

其实真正在一起之后，我反而很少到他办公室了，毕竟要注意影响嘛。不过现在是午休时间，倒没人看到。这一等就等了半个多小时，菜都要凉掉了，才看见林屿森和小戴推门进来。

小戴一进门就喊了跟我一模一样的话："园区喊人开会居然不管饭，太节省成本了。"

我心里好笑，站起来："我帮你们带了，过来吃吧。"

结果林屿森走过来，直接拿了一份盒饭给小戴："戴总自己回去吃吧。"

小戴慢慢地接过盒饭，眼神里充满了心碎："吃冷饭就算了，一起吃得到一点人情的温暖也不行吗？"

林总淡淡地说："我们要开股东大会。"

小戴："……"

他竖了下拇指跑走了。

我："……"

股东大会赢了。

我一边吃饭一边把我的发现迅速地讲了一遍。林屿森听了几句，便起身走到电脑前，操作了几下，调出合同给我看。

我抱着盒饭坐在总经理的办公椅上边吃边看，一看之下，无语地饭都不想吃了："好离谱啊，这合同签的时候全球金融危机已经有端倪了，原材料价格下行趋势很明显，怎么会一下子锁定了六年的价格和供应量啊。"

第十八节

林屿森这时候才说明:"这家公司是大舅妈弟弟的。"

我:"……"

行吧,关系户。

我又端着盒饭坐回来,脑子里思索应该怎么处理。

盛远和我爸也不傻,就算照顾亲戚也不会这么离谱,肯定有其他方面的利益交换在里面。他们得了好处,现在后果却要我们来承担。

但是白纸黑字不认是不可能的,只能回头找找合同漏洞或者产品质量有没有什么问题,才有协商空间了,还有现在其他供应商能给的价格也要了解清楚。

"你早知道了吗?"我问林屿森。

"问过情况,以前没必要处理,现在不着急。"林屿森简单地说。

我点点头表示理解。以前他不过是一个被派驻过来的副总经理,当然不用去得罪人。现在的话,刚刚接手赠予的股份就想解除以前的合同,显然也不合适。

下午上班,还是得乖乖录入付款单。不过按确认键前,我想起来看了看最后付款日期,发现还有一个多星期呢,果断取消录入把单子扔到了一边。

倒数第三天再做账好了,剩下一天给科长审批,一天给出纳部门付款……

做财务就是要精打细算!

下班后我先往停车场走,打算到那里等林屿森。路上接到了黄阿姨的电话,告诉我终于全部家具都弄好了,包括各种锅碗瓢盆和床上用品都按我要求购置了,问我什么时候去上海看看。

择日不如撞日,晚上吃饭的时候我就把这个喜讯告诉了林屿森,并且邀请他周六来我新房子参加暖房小宴。

林屿森的表情一言难尽:"这叫惊喜吗?"

"不是吗？离你那么近。"

林屿森言简意赅地给事件定性："这只能叫离家出走但是没走远。"

接着他就不说话了，一边吃饭一边好像在思索着什么。

我忍不住问："你在想什么啊？"

"哦，我在想。"他沉思着说，"我上海的房子装修很久了，是不是快要漏水了。"

第十八节

第十九节
JIAOYANG
SIWO

你的房子知道你这么诋毁它吗……

在得知我的房子只有一个客房且已经留给了姜锐后,林屿森的房子十分幸运地逃过了漏水危机……

周六的暖房小宴我没喊很多人,除了林屿森,就老大、小凤和姜锐,结果老大有事来不了,于是就只有四个人吃饭。

才这么点人,大家一致投票自己动手,每人做一两道菜。林屿森和姜锐下午有事要晚点到,小凤比较闲,早早就过来和我一起准备。

然后她做完一道拍黄瓜就愉快地跑了。

我:"……"

从未见过如此偷工减料之人。

不过她多少有点心虚,在屋子里溜达了一圈后便抱着零食回到厨房门口罚站:"西瓜你打算做什么菜?"

"糖醋排骨和青菜炒面筋泡,无锡特色菜。"

"太厉害了,居然有肉!"

"那不然呢,我做一个水煮青菜?也不知道最早是谁说要自己动手的。"我吐槽她。

"嘿嘿,实践发现有难度嘛。"小凤机智地转移话题,"对了,你没喊老大、思靓她们吗?"

"老大喊了啊,她有事来不了,不是跟你说过了,容容、思靓没喊。"

被小凤一问,我倒想起之前说过要请她们吃饭的事。说话还是要算数的,我停下手边的活,思忖了一下说:"明天中午我请大家在外面吃饭吧,你现在闲着帮我约一下,不过你和老大都别提我今天在家请客的事啊。"

顺便容容那边,我也想确认一下她现在怎么样了。

虽然我基本没下过厨房,但照着菜谱做菜好像也没有很难,只是速度慢了点,厨房乱了点。等我完成大作,姜锐终于到了,一进门就被我

第十九节

推去了厨房。

姜锐对此意见很大:"你好歹让我先看一眼我的房间。"

"你抓紧时间干活,房间等林屿森来了一起看。"

"什么?"他一脸失落,"我现在连单独参观权都没有了吗?"

"……"

我:"你少发明这些奇奇怪怪的权利。"

我忙了一个多小时正想休息一下,姜锐却不肯放我离开,拉着我给他打下手。

他似乎打算挑战自我,一上来就是高难度的咸蛋黄鸡翅,因为要油炸,整个过程十分惊心动魄。我在他旁边一会递这个一会递那个,还要躲避飞溅的油,比我自己做菜还要兵荒马乱。

快做好时,林屿森的电话来了,我腾出一只手按了免提。林屿森沉稳的声音传来:"我到楼下了,你下来接我?"

真是越来越大牌了,居然要我下去接,我哪有空嘛。

"电梯可以用密码上来,你先输我的门牌号,然后输密码就可以了,密码是……你猜吧,四位数。"

我没挂电话,林屿森也没挂,于是我就听到一阵按键音后,传来一句机械的女声:"密码错误,请重新输入。"

"……你居然不记得我生日。"我立刻指责他。

林屿森比我还委屈:"我以为让我猜是有什么特别。"

"所以你输入的是什么?"

"我的生日。"

"……"

一旁关火的姜锐"噗嗤"笑了出来。

我无语地擦手挂了电话去开门。姜锐盛好鸡翅,跟在我后面兴致盎然地点评:"这位大哥还挺有意思的。"

他亦步亦趋:"怎么办,初次见面我有点紧张,他要是通不过我的考核怎么办?"

我没好气:"靠边站站,谁给你考核资格了。"

"没有就没有,凶什么。"他嘀嘀咕咕,"不过姐,你拿自己生日做密码也太偷懒了吧,那不是谁知道你的生日都可以上来?"

"这里谁认识我啊。"

"也是。"

小凤注意到我们的动静,热情地从客厅跑过来:"什么情况,大家要列队欢迎吗?"

于是姗姗来迟的林屿森一出电梯,便看见中门大开,三个人正虎视眈眈地等着他。

他脚步都慢了一拍,问我:"怎么,你家大门不能输密码?我可以自己开,这回不输自己的生日了。"

大家顿时笑开,气氛霎时轻松起来。

我一一给他们介绍:"给你们介绍一下,小凤你们都认识了。这位是林屿森,我男朋友。这个呢,是我笨蛋弟弟姜锐,现在在F大读书。"

"江苏的高考难度我还是有所耳闻的,考上F大都是万里挑一,怎么会有笨蛋。"

林屿森向来会说话,一句话就让姜锐尾巴翘了起来:"哈哈,一般一般,运气好。"

一番介绍完毕,我才注意到林屿森手里还拎着两个大塑料袋,上面印着的好像是饭店的名字,不由两眼发光:"这是什么?你还带了外卖?"

"路过一家著名的粤菜馆,把他们的特色菜打包了几个过来。"

我就说林屿森向来会做事嘛,这下大家做的菜不好吃也没关系啦,有保底!

"我来拿我来拿。"我殷勤地拎过一个塑料袋,看了一眼里面居然有三个大盒子,那两袋就是六盒啊!顿时很没原则地说:"电梯密码是黄阿姨去物业设定的,我觉得看在这么多好吃的份上,改成你的生日也

第十九节

不是不可以。"

姜锐无语望天："姐，你不是说林哥来了一起参观房子？赶紧赶紧。"

于是姜锐在厨房折腾了半天后，终于看到了自己的房间。
"可以可以。"他松了一口气的样子。
我得意："还不错吧，这可是我跟设计师沟通了好几次的成果。"
姜锐一脸后怕："看外面我都接受我要变成奶油少年粉红战士了。"
"外面也没有很粉吧。"我有点迟疑地问林屿森，"有吗？"
林屿森斟酌了一下回答："我就看到垃圾桶是粉色的，不过很漂亮。"
"灰粉灰粉，灰粉不算粉。"
"哦。"
两个大男人异口同声地受教。

林屿森比姜锐自觉多了，参观完房子就直接往厨房走去。
"你会不会做菜啊？"我跟在后面有点担心，毕竟小凤和姜锐一个两个都手脚不是很麻利的样子。
"当然，我以前连手术都会，做菜算什么。"林屿森信心十足。
我："……"
怎么说呢……
林屿森在厨房的架势看上去的确比姜锐自信从容多了，切菜的姿态也堪称行云流水赏心悦目，但如果只是做番茄炒蛋和菠萝虾仁的话，实在不至于要拿出自己外科医生的履历来担保……

就这么乱七八糟轮流忙活了一下午，六点我们终于准时开饭了。大家自己做的菜和林屿森带来的外卖摆在一起，满满当当的一桌。
小凤握着筷子蓄势待发，姜锐则看着饭桌叹气："难以想象，我们忙了这么久，居然是这么简单的几个菜。"

"哪里简单了？"我夹了一块自己做的排骨，吃了下，很满意，"你们吃下这个糖醋排骨，很正宗的。"

大家跟着纷纷下筷。登时，小凤和姜锐脸上露出了难以言喻的表情。

他们这表情什么意思，难道他们吃的那块不行？我有点怀疑地再夹了一块，没问题啊，就是很好吃。

姜锐苦着脸说："姐，你是不是倒了半罐子糖？"

"没有。"我很认真地回答，"四五勺吧。"

姜锐把排骨推到我面前："你自己吃吧，我们南京真的吃不了这么甜，你们无锡太恐怖了。"

小凤附和："我老家口味也偏咸，在南京还好，一来上海，觉得上海菜好甜，没想到你们无锡的更甜，简直是变态甜。"

她说着看向正在吃第二块的林屿森，一脸敬畏："你男朋友是不是为爱牺牲啊？"

我顿时也看向林屿森。

他不紧不慢地吃完第二块排骨，给予我很大的肯定："当然不是，我的确喜欢。"

我顿时得意。

看，林屿森就很懂吃！没有糖的菜能吃吗？炒青菜也要放一点点糖起鲜的。虽然我以前不做饭，但是我本能地知道要放，这叫血脉传糖！

姜锐默默地把目光投向林屿森做的两道菜："你这个，不会也加了四五勺糖吧？"

"怎么会。"林屿森矢口否认，"我是严格按照菜谱加佐料。"

姜锐的筷子就要伸过去。

林屿森把后半句补充完："不过我搜菜谱的时候，是搜'甜的菜有哪些'。"

姜锐痛苦地放下筷子，夸张地用手掌盖住了自己的眼睛，哀嚎说："我总算知道林哥你为什么要带外卖来了，你带的不是外卖，是最后的良心！"

第十九节

大家都哈哈大笑起来，我举起杯子："好啦好啦，如果下次再请你们吃饭一定注意少加糖。我们来碰一个？祝我乔迁快乐。"

姜锐举起杯来："也祝我白蹭乔迁快乐。"

大家笑着举杯，四只杯子在餐桌上方发出清脆的响声。

有林屿森带来的菜救小凤和姜锐的命，大家都吃得很尽兴。

小凤学校有门禁，吃完饭就早早回去了。姜锐则打算住这，还扬言以后每个周末都要来住，我当然很欢迎啦。林屿森嘛，时间一到肯定要打发走的，不过作为主人肯定要送一下客，然后他再送我回来。

于是隔着一条马路的相邻小区，我送了一个多小时才回来。

回家一进门，看见姜锐坐在客厅一副在等我的样子，我顿时有点心虚。

姜锐果然问："怎么这么久？"

"那个……躲避摄像头。"

"哦。"

就"哦"？居然不接着问我为什么躲避摄像头？

"你怎么了啊？"我稀奇地凑到他面前。

姜锐神色古怪："姐，你们下楼的时候忘记把垃圾带下去了，我就下去扔。"

"哦。"这也要指责吗？"辛苦了？"

"然后在楼下，看到了庄哥。"

第二十节
JIAOYANG SIWO

曾经有好多个深夜，我躺在黑暗中的床上，难以克制地去分析猜测一个人的全部行为。

那时候甚至会把白天相处的每个细节分门别类，这句话这个动作好像喜欢我，那句话那个动作又在疏远我。

他好像喜欢我，又好像不喜欢我。我捉摸不定，辗转难眠，最终觉得喜欢我的那一面铁证如山，我信心满满地跑去表白。

事实证明我猜错了。

所以我现在绝不会再去猜测联想，何况这一切已经与我无关。

我开始想明天早上去林屿森家吃什么。对的，因为我明天中午有约，林屿森只能邀请我和姜锐去他家吃早餐。

想了一会，我发了个信息给林屿森。

"麻团，油条，甜豆浆，肉松咸菜油条饭团。"

想想还有点意犹未尽，打算再发一条："包括但不限于，剩下你自己发挥。"

还没发过去，他的消息回过来了——

"包括但不限于？"

我瞬间笑出来，删除了重发："没错，这是我和弟弟两个人的，你自己要的自己点。"

"我吃馄饨，饭团分我一半，你一个人吃不掉。"

这也要特别说明吗？哪次不是这样啊。我大气地回复："好吧，让你一半！晚安。"

"晚安^_^"

他的晚安居然还带了表情符？

我一个问号过去，他好像知道我要问什么："打晚安自己跳出来的。"

"以前怎么不带？"

"以前没吃聂小姐做的菜，比较稳重。"

……

好有说服力哦。我精心编辑了一个复杂的无语表情发给他,心满意足地睡去。

第二天早上六点多姜锐就拍门喊饿,把睡眠不足的我拖到了林屿森家里。如此一来搞得我战斗力都下降了,饭团只咬了一口,全被林屿森吃了。

吃完饭我又爬去林屿森家客房睡了一觉,等再起来,终于精神抖擞了。洗了个脸出去,发现林屿森和姜锐正在阳台聊天。

我蹑手蹑脚地走过去,听到姜锐正在卖力吹我。

"我姐懒是懒,但是真的聪明,当年她考上A大,就临时抱佛脚努力了几个月,模拟考试一次比一次考得好,把我们都惊到了。"

"她也不懒,只是效率高显得懒散。她可太机灵聪明了,做事又大气。"林屿森手执茶杯,微靠在栏杆上,笑意盎然地说。

我有吗?

我摸了摸自己的脸,有点怀疑。

姜锐的表情好像也在怀疑,但是他作为我弟弟显然不能拆台:"没错没错,还是林哥你慧眼识珠!"

正要继续偷听下去,我的短信铃响了。两个人一起回头,姜锐叫道:"你鬼鬼祟祟偷听!"

哎呀太遗憾了,林屿森夸我就算了,我家男朋友最会哄人了,但是笨蛋弟弟夸我的机会可不多。

我拿起手机,发现是思靓的短信:"你出发了吗?"

"马上。"

回完消息,我指挥走回屋内的林屿森:"走了,送我去吃饭,姜锐你自己回学校吃。"

姜锐得意地说:"林哥请我大餐,餐厅都选好了,我要吃澳龙。"

"……"我转向林屿森,"他权重没那么高,真的,完全不值澳龙的钱。"

林屿森放下茶杯,拿起车钥匙:"在我的评估体系里十分重要,曦

第二十节

光你不要干扰我的判断。"

姜锐朝我挤眉弄眼，得意洋洋。

好吧，某些人愿意当冤大头就去当吧，不识好人心！

林屿森开车送我到吃饭的地方后，就载着姜锐快乐地纯男士午餐去了。我提前到了十分钟，以为是第一个呢，没想到其他人到得更早，一走进餐厅，便看见容容和思靓、老大坐在窗边，容容好像说了什么，大家都笑作了一团。

思靓先看见我，站起来朝我招手，我过去在老大边上坐下。

思靓说："买单的终于来了，我菜都点了，可没客气，你看看还要加点什么不。"

"不用客气啊，本来就说请你们吃饭的。"我看了下菜单，她其实没点几个菜，于是喊过服务员又加了几道。

思靓说："今天就小凤没来了。"

我把菜单还给服务员："她早上说了，临时学校有事。"

老大有些伤感："毕业后再想聚聚总是凑不齐，阿芬在厦门就不说了，我们离得近的几个也难凑齐。上次思靓生日宴小凤在，容容又晚到了，后来KTV也不方便说话。"

思靓说："我们聚容易，主要是曦光，你下次什么时候来，看看能不能凑齐。"

我想了下说："月底倒还是要过来，但是是工作上的事情，估计出不来。"

"那以后再看看呗。"思靓带过这个话题，笑着对我说，"你来晚了，错过了八卦，我们刚刚都要笑死了。"

"什么八卦？"

"容容男朋友的呗，他好倒霉。"

我心下一沉："他怎么了？"

容容神采飞扬，显而易见的好心情："现在想想好笑，当时挺气人的。就前几天，他在外面有工作，我们约了七点半在餐厅见面，结果他九点多才来，打电话一直都没人接。我很生气，都想和他分手了，结果问了才知道他那天又是被咖啡泼在身上又是交通事故的，还被交警带走了，细节懒得再说一遍了，真的好乌龙。"

这哪里是什么乌龙，分明是有问题。

思靓问："后来他赔罪了没有？"

"他都这么惨了，我哪里好意思怪他？不过他后来给我补了好几个礼物。"容容从包中拿出一台崭新的小巧相机，"我今天带了一个来，好久没拍照了吧，我们一起拍些照？"

思靓、老大登时来了兴致，摆姿势互拍起来，还招呼服务员过来拍合影。拍完容容看了一下照片，点评说："曦光你怎么心不在焉的样子，合照好像在走神。"

我勉强提起兴致："有吗？好久没拍照了。"

老大凑过去："看看我。"

容容递给她："回头全部导出来发你们邮箱，曦光你的邮箱我是不是没有？"

她的目光落在我身上。

"有的吧，还是大学那个，没换。"

"那应该有，我也没换。"她微笑着说。

服务员陆续送菜上来，大家边吃边聊着，容容的手机响起来，她看了一眼便放在一边，并不接起。

思靓一瞥，笑道："亲爱的，这备注也太老土了吧。"

老大说："干吗不接？"

容容："电话一打就秒接，我哪能这么好哄，你们是不是没谈过恋爱，这种小把戏都不懂吗？"

十几分钟后，手机又响了一遍，容容依旧没接。又过了几分钟，容容回了个电话过去。

"在和我大学同学吃饭呢，曦光今天来上海……哎呀，刚刚去洗手间手机掉桌子上了，没接到……说了呀，不能说吗？就是啊，她早晚会知道的……我们在拍照呢……你有事不来接我了啊？那我自己打车……

第二十节

没生气……好，就这样。"

思靓听着直摇头："你谈个恋爱想得也太多了，故意不接电话，之前贵一点的礼物也不收，你这叫什么，放长线钓大鱼？"

她开玩笑的口气。

容容神情一僵，随即带上了甜蜜的笑容："女生当然要矜持，这才有意思。"

她脸上的甜蜜太自然了，我都忍不住怀疑是不是我眼睛花了。那个"已阅读"，是邮箱系统出错了吗？

她到底有没有看到那封信，为什么什么反应都没有？是被盛行杰糊弄过去了，还是说，真的不在乎？

我茫然了。

晚上和林屿森回苏州，到了宿舍后，我先打开电脑登陆了新邮箱。

邮箱里孤零零地躺着唯一一封发出去的信，右侧"已阅读"三个字无比清晰。

手指在鼠标上停滞了好久，我移动鼠标，关闭了邮箱。

接下来我就没再去想这件事了。

这倒不是刻意，再过几天林屿森和小戴要带队去上海D大光伏研究所参观学习，探讨在苏州成立联合实验室的事。作为随行的一员，我肯定不能一无所知地去，所以最近天天在啃光伏技术方面的书。

因为要谈的细节较多，这次安排了一天半的行程。周四早上七点，大家就在公司集合出发了，总共七人用了两辆商务车。

不料行至半路，林屿森却接到了成都那边的电话。卖给我们二手生产线的厂商突然说不卖给我们了，因为有人出了更高的价格。

电话里没说清楚，对方便挂了电话，再打过去都不接了。合同都签了却发生这种变故，大家始料未及，林屿森当机立断，带着一名员工直接改道虹桥机场，飞去了成都。

我依旧跟着小戴去了D大，一上午一声不吭地跟在大家后面专心地听专家讲解最前沿的技术发展,和这几天在书上看到的内容互相印证,受益颇多。

中午研究所安排我们在学校贵宾厅吃饭,下午还要开个座谈会,对双方在苏州建立联合实验室的事做初步的探讨。

正在吃饭时,我接到了两条短信。

"上次你说月底要来上海?下午有空吗?我请你喝个咖啡。"

"你是不是没我上海的号码,我是叶容。"

第二十节

第二十一节
JIAOYANG SIWO

这几天天气变幻不定，离开D大时还晴着，路途中突然电闪雷鸣，下起了瓢泼大雨。

出租车停在咖啡馆门口，我下车快步冲了进去，身上已经有点湿了。

推开门，响起一阵风铃声。店里人很少，只有容容一个客人，她穿着一条白色的毛衣裙干干净净地坐在窗边，闻声朝我看来。

我走到她对面坐下，拿起纸巾擦了擦脸上的水珠。容容瞥向窗外："突然下这么大雨。"

"嗯。"我放下纸巾，"你怎么突然找我？"

她依旧看着窗外："我记得我来上海工作的那一天，也下着这么大的雨，没想到离开的时候也是。"

我这才注意到她身后有个大行李箱，惊讶地问："你要离开上海？"

"去深圳，今晚的飞机。"她从窗外收回目光，落在我身上，"我一直在想走之前要不要和你见一面，忍不住发了短信，没想到你真的在，这大概是天意。"

我听得疑窦丛生。她这是和盛行杰分手了？但是为什么要离开上海？难道盛行杰纠缠不清或者她受伤太深要离开伤心地？

正要发问，服务员端上来一杯奶茶。

"琢磨着你快到了，帮你点的，你喜欢喝这些是吧？"

"对，谢谢。"

容容看着我，眼神奇异："其实我蛮了解你的。"

"那可未必。"我不由反驳，"你是不是忘记你怎么冤枉我隐瞒你面试电话了？"

"那时候……其实去不去盛远无所谓，我又不是只有这个offer，只是开心抓到了你把柄罢了……那件事我的确冤枉了你，我正式向你道歉。"

我不禁有些讶异。脑子里突然浮现元旦那天在酒店外碰见她的画面，那会她嘴里也喊着向我道歉，却是截然不同的咄咄逼人的态度。

是什么让她态度突然大变？

我心中莫名涌起一阵奇怪的感觉，口中一时也说不出类似"都过去

第二十一节

了"这样的话，疑虑间，却听她说："我邮箱里的匿名信是你发的吧？你不用否认，能知道盛行杰消息的人并不多。"

我一怔，心里怪异的感觉更深了，下意识地皱眉说："你在说什么？"

容容完全不在意我的回答，笑了笑说："你不承认也没关系，你想知道我和盛行杰是怎么分手的吗？"

"你和盛行杰分手了？"

"当然，你都告诉我他在追别人了，我当然要分手，你想知道我怎么做的吗？"

容容脸上骤然浮起笑容："我把他发给我的亲密短信拍了照片，学你注册了个新邮箱，匿名发给了他爷爷老盛总和他的叔叔们。东窗事发，盛行杰来质问我，我假装什么都不知道，反问他是怎么回事。他自己联想到了我们的聚会，想到我去洗手间没带手机，说一定是你趁着我上洗手间偷拍了照片。真蠢是不是？那么多人，你怎么拍，但是他坚信不疑，冲去告诉了老盛总他被你们陷害了，哈。

"一开始我给过他机会的，可是他还是骗我。甚至越来越不耐烦。后来事情暴露，他一丝后悔一丝心虚歉意都没有，反而骂我虚荣，到处宣扬，才被你抓到把柄。他把我当什么？谈恋爱的时候我没有占过他一分一毫便宜，他竟然这样对我。"

容容笑了两声，双颊泛起异常的红晕："不过没关系，他会得到惩罚。盛行杰以为我还爱他，我闹着假装不肯分手，最后他都不敢见我，让他妈妈来解决我。他算什么男人。"

她语速飞快，而事情发展却又那么不可思议。我抑制着心跳，整理思路，慢慢地说："你是说，你收到了一封邮件，以为是我发的，这封邮件告诉你盛行杰在追别人。你发现盛行杰真的出轨了，却没有立刻分手，反而是约我见面，所谓去洗手间没接到电话也是故意设计的，甚至在和盛行杰通话的时候也一直在强调拍照的事。"

我回忆那天聚餐的细节："那天你最后一个走，走了之后，你拍了盛行杰给你的短信照片，发给了盛老爷子和盛家其他人，并且通过盛行杰误导他们，让他们以为是我发的，是这样吗？"

容容赞叹地说:"你真聪明,这么快就理清楚了。这么沉得住气吗?居然不生气?"

"为什么?"我冷声说。

"有什么为什么,盛行杰这么侮辱我,难道我就要默默退出,忍下这口气吗?当然不行。可是我能闹开吗?不能,到时候污言秽语只会冲着我来。他说不定也会报复我,最后的结果是我鱼死网破流言蜚语缠身,而他毫发无损,凭什么?谁还不曾经是天之骄女,他凭什么?"

"你想报复他又怕被他报复,所以把仇恨转移到我身上?"

"堂堂聂大小姐,当然不怕盛行杰。"

"哪怕你觉得,我是发邮件提醒你的那个人?"

"你是什么好意吗?真要好心提醒,这么偷偷摸摸干什么。"容容冷笑,"不过是想利用我,为你的男朋友扳倒盛行杰罢了。"

我终于听到了这个我猜想中的答案,心里只觉得万般疲惫,什么都不想说了。

容容却似收不住一般:"我本来可以不告诉你的,就算他们来找你,你也不能确定邮件是我发的吧?可是,做了这么漂亮的事情,如果无人欣赏,那不是太可惜了吗。而且,这都是庄序教我的。"

这件事居然还有更荒谬的发展,我终于没抑制住惊讶,震惊地看着她。

她微微笑着:"我们从小一起长大,再怎么吵过闹翻过,该帮我的时候,他不会坐视不管的,他会永远站在我身边。"

雨水激烈地打在窗户上,门口传来了动静,又有客人进来。

容容望向门边,脸上浮起笑意:"庄序来了。"

前尘往事一下子涌上心头。

怎么?又要再来一次联合审判吗?

我缓缓地靠向椅背,看着高大的身影走过来,拉开了边上的椅子。

这是一张靠墙的圆桌,正好三个位置,我和容容面对面坐着,庄序加入之后好像变成了一个奇妙的三角。

第二十一节

但是我一点都不想介入其中。

"你迟到了。"容容面带微笑地说。

"你找我有什么事？"庄序沉声问。

"还没告诉你，我要去深圳了，那边有几个面试机会，待遇远比盛远更好，所以找你们道别。"

庄序淡淡地说："恭喜。"

容容说："没想到离开之前，最想见的居然是你们。"

庄序眼神微动，答非所问："深圳前景很不错。"

看着他们这样你来我往装模作样，我突然觉得好笑又厌烦："行了吧？你们在演什么呀？"

我直视庄序："幕僚也来了吗？这么大阵仗干什么？我知道是他帮你了，也永远会帮你，然后呢？"

庄序面无表情地垂眸。

"就算要证明情比金坚，也不用逮着一只羊薅啊，换一只不可以吗？"

我嘲讽地看向容容："你真是令我刮目相看，在你眼里，我是提醒你盛行杰出轨的那个人，你不但不感谢，反而设计让我背锅。可惜你这些招数，大概一点用都没有。你发给盛家人的邮件，不管内容到底是什么，亲密短信？还是其他的，你说我发的就是我发的？盛行杰单方面认定有什么用？事情发生了好几天了吧，盛家可没敢来找我求证。

"不过你的自导自演也让我明白，以后善意要给值得的人。谢谢你让我不用付出什么代价就清醒过来，今天的咖啡我请了，也算为你这么开心远走深圳践行。"

她前面神情还没什么变化，我最后一句话说完，她却陡然咬紧了双唇。

我没有兴趣再待下去，喊来服务员："结账。"

外面的雨越发大了，即使有屋檐挡着，一推开门，也有雨线扑面而来。但是我宁可站在雨里，也不想跟他们共处一室。

没想到过了几分钟，他们居然也跟着出来了。我没有回头，身后出来的人也没说话，沉默地站在了我身边。

雨幕中依稀看到了一辆闪着空车的出租车，我正要招手，庄序却先我一步抬起了手。

出租车停下。庄序对叶容说："你不是要赶飞机？"

叶容有些惊讶，迟疑着向前一步，出租车司机冒雨冲下来，帮她把行李箱搬上了后备厢。

叶容缓步走向出租车，走了两步却回头，目光落在我身上："我们以后不会再见面了吧，除非思靓、小凤结婚？"

她说着微微昂起头："聂曦光，也许我做的一点用都没有，那不过是因为我手里筹码少。谁还不曾经辉煌过，你大可继续看不起我，但未来怎么样，谁知道。"

"那你加油。"我冷冷地说。

出租车司机开始催促她。

她走到车边拉开了车门。

最后的时刻，容容站在雨中，望向了庄序，眼睛里有无数让人看不懂的情绪："如果能回到以前，我不会再听父母的话。"

"一路顺风。"庄序淡淡地说。

出租车开走，屋檐下只剩下我和庄序，我下意识地往边上让了让。庄序身形微动，双手插入衣兜："我几句话说完就走，你不用这么避之唯恐不及。"

我望着白茫茫的雨幕，很惊讶他居然有话对我说，不过并未转头看他，沉默地以不变应万变。

他也看着雨幕，好一会才开口："你真令我惊讶，匿名信。"

他"呵"了一声："谁教你写的？现在这么的口齿伶俐，也是他教的？"

我终于忍不住了，转头质问他："为什么要这么做？直接和盛行杰分手不行吗？为什么一定要设计我们，把我们拖进来。"

"'我们'？"他玩味似地复读，"我设计你们？"

"那就是吧。"他神情淡漠地说，"你就当我想给林屿森找点麻

第二十一节

烦，如果他怪你的话，你可以跟他分手。"

简直匪夷所思的一段话，我看着他，竟然说不出话来。

他又轻笑了一下："你刚刚在里面说的话很精彩，所以，你觉得叶容应该怎么办？受到欺骗只能忍气吞声？不能反击？"

他在诱导我迈入逻辑陷阱。

我倏然冷静下来，一字一字地组织语言："叶容受到了盛行杰的欺骗，她当然可以反击，哪怕反击过程中带出了我和林屿森，那也没问题，只要你们的目的之一不是为了伤害我们。

"但是你们现在找我炫耀什么，又在得意什么？你们在得意还伤害到了我们。所以这也是你的目的之一对吗？而依据是什么呢，是毫无证据地单方面认定我不怀好意。

"真可笑，但是你们做出来一点都不奇怪，又不是第一次了。反正在你心里，我做什么都别有居心，从来没变过。可是庄序，请你记住，我从来没有伤害过你。"

"没有吗？"

我说了一大串，他只回了冷冷的三个字。

暴雨冲刷，他的眼睛中仿佛有冰冰的火焰在燃烧。

我不由自主后退了一步。

一辆出租车闯出雨帘，我连忙招手，只想快点离开这个地方。

出租车停下，我正要冲过去，却被庄序低声喝止。

"站住。"

我脚步一顿。

"叶容的确找我求助过，她手里有一些不利于盛行杰的东西，操作好完全可以全身而退，也扯不到你……们头上。"他微微扯动嘴角，"但是她选择发那些照片，我懒得猜测她的真正目的，也没兴趣参与。听明白了吗？"

说完不等我反应，他头也不回地迈入了雨中。

第二十二节
JIAOYANG SIWO

出租车开出去好久,那种如芒在背的感觉才散去。

手机短信铃响起,小戴发消息问我在哪:"要不要过来一起吃晚饭?"

我简短回复:"我自己安排。"

回到自己家中,换衣服,洗澡,吹干头发,在沙发上坐了很久后,我发了一条消息给林屿森。

"你现在方便接电话吗?"

"稍等。"

大概过了十分钟,林屿森电话打过来了。我特别冷静地跟他说:"我惹了一些麻烦。"

林屿森声音很沉稳:"什么麻烦?把人家实验室拆了?"

"……那倒没这么大,你外公没找你吗?"

"没有,跟盛家有关?"

"嗯。"我把情况一五一十地说了一遍,说到庄序出现的时候,不免卡顿了一下。

林屿森却完全没在意似的,听完立刻说:"你的同学行事剑走偏锋,但这件事对我们没什么影响,你不要担心自责。"

我不知道该怎么形容此刻的感受,回家的路上,回到了家里,我把全部事情复盘了好几遍,觉得应该能应对。可是前面再怎么跟叶容放话表示毫不在意,心里还是不免担忧。

此刻听到他这么对我说,才真正放松下来。

委屈和难过才敢漫上心头。

这时林屿森又说了第二句话:"另外,无论是不是你告诉她这件事,她发现后,都可以利用你误导盛行杰,这跟你之前的行事没有必然关系。"

我拿着手机完全怔住了,如果说他前面那句话只是劝慰,这句话却完全帮我开脱了。

"林屿森,你不要这样。"
"我怎么样?"他轻轻松松地,居然还笑了一下。
"这样很偏心,也不公正,我的确做得不够周全。"
"哪里不够周全?你若冷眼旁观同学受骗,就不是我认识的聂曦光了。"
"我没有考虑到很多事啊,会不会牵扯到你,而且盛行杰不仅骗了叶容,其实也骗了另一个女孩子……"
"曦光。"林屿森突然严肃地打断了我。
我停住。
林屿森说:"犯错的是盛行杰,你为什么要苛求自己做得尽善尽美?"
我屏住呼吸,半晌轻轻呼出一口气,眼睛里变得酸酸的:"林屿森。"
"我在。"
我想见你,想立刻见到你。
我在心里说。

我停顿了好一会,跟他许愿:"盛行杰会倒霉吧?"
"会。"
"可以倒大一点的霉吗?"
"周家背景深厚,这一代就一个女孩,捧在手心,盛家肯定要给一个说法。"林屿森冷静地分析着,"其实外公未必不知道盛行杰的行事,他不在乎这些,但是他会在乎盛行杰的处理方式。"
而盛行杰显然不合格——我明白了林屿森的未尽之意。
"我会出点力。"林屿森语气突地冷峻起来,"他真是得意忘形了,这样随意攀咬。"
"啊?"我一怔,不知道说什么好,"……那你小心?"
他又倏然笑开,语气霎时温柔:"好,我一定小心。"

第二十二节

电话那边传来了一阵嘈杂的人声，林屿森似乎捂住了话筒对别人说了一句"马上"。

"你在忙吗？"

"开会中场休息。"

"那你快回去开会。"

"嗯，开完会我就飞上海。"

我惊讶："这么快解决了？"

"没有，我明天早班机再回来。"

那怎么行！我连忙阻止他："不要不要，我没什么事了，你办完事情再回来。"

林屿森没说话。我强调："不准跑回来，听到没有。"

他沉默了好一会，似乎在权衡，最后说："知道了，晚上给你打电话，那给你布置一个任务？"

他似乎在边走边说："有空的时候想想五一我们去哪里玩？你不是说上个月你代同事月结了，这个月可以休假吗？"

"对的对的，我马上想，你千万不要跑回来哦。"我再三叮嘱，"你快回去工作，我挂了。"

我率先挂了电话，看了下通话时间，不到十分钟。时间出乎意料的短，心情却完全天翻地覆了。

我振作精神，打算找点事情做，打扫打扫屋子。然而才找到抹布，爸爸的电话就打了过来。我心里一突，盛家这是终于找来了？一接起来，果然是。

不过他语气十分小心："曦光，有件事情我要跟你了解一下。"

我"嗯"了一声，他继续说下去："盛伯凯打电话给我，说你拍了一些照片去盛老爷子那告盛行杰的状，爸爸当然十分信任你，所以想知道这是有什么误会在里面？"

我思索了几秒，问："什么照片？"

他详细述说了一番，我懒得跟他装生气惊讶，直截了当地说：

"他前女友是我舍友,跟我关系一直不好。不知道他们在搞什么,跟我没关系。"

爸爸明显松了口气:"那就好,这件事最好不要扯进去,盛老爷子都被气到住院了,跟我们没关系最好,一会我去探病的时候说清楚。"

"盛爷爷住院了吗?"我心悬起来,"严重吗?"

"听盛伯凯的口气,应该不严重,估计就是装一下给周家看看。如果是真的,那就是给后继无人气的。"爸爸不无刻薄地说。

挂了电话,我立刻发消息把盛老爷子住院的事告诉了林屿森。过了大概十几分钟,我收到他回复的短信:"刚刚问过外公的医生,没什么大碍,休养一阵就好,别多想。"

和爸爸说得差不多,我彻底放下心来。被林屿森说了一番,我固然已经不会把责任往自己身上扯,但是如果老人真的出了什么大事,心里还是会不安的。

我收起手机,也没了做家务的心情。坐在沙发上,放空的大脑里一些零零散散的念头闪过——五一去哪里玩,明天商讨建立联合研究中心要注意点什么……

漫无边际中,一个念头突然闯入大脑。

我猛然一阵心跳,一下子站了起来,在沙发边上想了好一会,越想越觉得可行,于是飞快地回拨了爸爸的电话。

一接通我便问:"爸爸你还没去医院吧,你什么时候去?我也在上海,跟你一起去探望下盛爷爷。"

爸爸听到我要和他一起去探望盛老爷子,反应可以用喜不自胜来形容,当即说要派车来接我。

"不用,我现在就打车过去。"我顺势又提出要求,"我们探病的时候可不可以喊上盛伯伯?"

爸爸不解:"喊他做什么?"

"有误会当然要当面解释清楚,怎么能让他这么白白冤枉我。"最后几个字我加重了语气。

于是，下午五点多到上海某医院探望盛老爷子时，我是和聂总以及盛伯凯一起的。爸爸大概还没来得及跟盛伯凯说什么，他对我们的态度极为冷淡，从医院门口到病房一路都拉着脸。

病房里，盛老爷子气色看着还不错，正坐在床上看报，看见我们来，没有搭理盛伯凯，只跟我们打招呼："小聂，曦光，你们怎么来了？坐。"

我们放好礼包，先问了几句病情，才在沙发坐下。盛老爷子问我："屿森打过电话了，说在外面出差，曦光不是在苏州上班，怎么过来了？"

"屿森还是不放心，正好爸爸要来探望盛爷爷，就让我先过来看看。"

盛老爷子脸上挂上了一丝欣慰的笑容："你现在看到了，我好得很，跟他说我没什么事，别瞎担心。"

"我们肯定很担心的，而且。"我停顿了一下说，"下午爸爸还打了电话给我，说你误会我们了，我就更要过来了。"

"误会？什么误会？"盛老爷子不动声色。

我故意说得有点乱糟糟的："就是上次我同学生日，容容，就是叶容也来了，我才知道她和盛行杰谈恋爱了，回去后很高兴告诉了屿森，说以后同学变成亲戚了。结果爸爸今天告诉我，有人写了邮件还拍了什么照给盛爷爷的邮箱说盛行杰脚踏两只船，还说发邮件的那个人是我，我就傻了，我都不知道怎么回事，绝对没有做过这件事。"

"照片不是你拍的？邮件不是你写的？"盛伯凯咄咄逼人。

"当然不是。我怎么会拍到什么照片，我也不知道盛爷爷的邮箱，而且我在苏州，哪里知道盛行杰做了什么龌龊事。"

盛伯凯脸色更加难看起来，但是我比他还生气，转向盛老爷子："盛爷爷，你们公司IT部门是不上班吗？不能查一下到底是谁发的吗？这种事还要扯到我身上，盛行杰那么讨厌，谁知道有多少人看他不顺眼。"

爸爸咳了一声："曦光。"

我收敛了一些，依旧余怒未消的样子："也有可能是他们周围其他知道他们谈恋爱的人做的啊，我和屿森做这个干什么，我们都远远地跑到苏州去了。不行，盛伯伯你今天必须给我个说法，我不能这么白白被冤枉。"

盛伯凯显然没料到我居然反将一军，一时语塞。

我看向盛爷爷，委屈地说："盛爷爷，其实有件事我们一直没说，我刚刚接触公司事务，发现了一个很不合理的合同。前两年在市场有下行趋势的时候，公司居然签了一个锁定六年价格和采购量的辅料合同，总金额很大。我问屿森能不能想办法解除，屿森说这家公司是大舅妈弟弟开的，不能动，我们就都认了。所以屿森一直很在意盛伯伯这边的关系的，这么大的事情我们都没说，一声不吭自己认了，怎么会拿绯闻做文章。"

盛老爷子神情顿时一变："这个合同怎么回事？"

我心中一阵激动，老爷子真是太会抓重点了。

来的路上我一直在默默分析老爷子的性格，二十多年前他就能把左臂右膀般的亲女婿发配到国外，性格一定多疑独断，肯定不能容忍一些背着他的利益输送。

那在他的角度看来，涉及盛伯凯利益输送这么大的牌我们都没打，就肯定不会拿盛行杰个人失德说事。

这才是证明我没发邮件的最有力证据。

至于合同的事，我们之前也不是不想说，但林屿森作为和盛家息息相关的人，刚刚拿到股份，来说这件事其实是有顾虑的。

我作为利益相关方，年纪小，刚刚出来做事，受到委屈，不顾一切说出来，就很合理。而且我是当着盛伯凯的面说的，不是背后告状，堂堂正正无可指摘。

我心里长长舒了一口气。

那个合同应该可以彻底解决掉了。

回头林屿森再跟他外公说下他要回去从医这件事，盛伯凯这边又可以再度缓和。

当然这得由他自己来说了。

第二十二节

第二十三节
JIAOYANG SIWO

我压抑着兴奋的心情离开了医院。

回到商务车上,爸爸升起和驾驶舱之间的隔断,问我:"你这么积极来看盛老爷子,是不是为了那个合同?"

"不是啊。"我断然否认,"就是看看盛爷爷怎么样了。"

"说实话。"

我这才承认:"顺便提一下看看而已。"

"怎么不找我?"

谁要找你。

我敷衍地说:"我又不知道你们之间有什么利益交换,万一你一口拒绝不是余地都没有了吗?再说一接手就要动以前的合同,落人口舌。现在可不是我要求的,是盛伯伯冤枉我,我生气才说出来的。"

爸爸上下打量着我:"你倒不怕盛伯凯记恨,日后为难你们?"

"要解决这件事,他总会不高兴的,今天已经是最自然的机会了。至于以后,他要防着的人多着呢,我们和他没有核心利益冲突,他犯不着白费功夫的。"

"怎么没有?那个小子……"爸爸很不情愿地提起。

我不打算跟他说"那个小子"要转行的事情:"那只能随便他了。以后的事情以后再说吧,跟盛伯伯难道还要谈长久利益吗?当然是眼前重要。"

爸爸听着,冷不丁地问:"你这些考虑,都是他告诉你的?"

怎么一个两个都觉得我不会自己思考似的?

我没好气地说:"这点小事也要他说吗?他完全不知道,等办好了再给他一个惊喜好了。"

爸爸突然笑起来,我莫名其妙。

"不管大事小事,办事做生意的道理都是一样的,不外乎抓住时机,看人下菜,我女儿不用教就办到了,还是遗传到了我的。"

"……如果有那也是遗传妈妈的,跟你没关系。"

爸爸并不在意我的言语,沉浸在自己的盘算中:"盛伯凯估计要难受一阵子了,不过自己儿子不争气,怎么也怪不到别人身上。合同的事

第二十三节

情你打算怎么处理？"

"盛爷爷都知道了，那肯定不用通过诉讼就能解约了。后面的话……"我认真思考起来，"主动权掌握在我们手里，也不是没有可以卖人情缓和的地方。"

爸爸来了兴致："怎么说？"

"他们的产品质量一直用下来是没问题的，厂离我们近，运输成本也低，如果能在其他方面让步一点，还是可以继续合作的。以前股份是你们的，我们往前追究不太好看，但是以后的话……"

以后要怎么为公司争取利益呢？

我大脑急速运转着，价格低于市场价不太好谈，那就……

"账期吧！"财务小聂瞬间上线，"谈一个长一点的账期，反正有盛家的关系呢，他们不用怕我们跑掉，账期长一点就当支持我们晚辈创业啦。嗯，回头先让法务跟他们先沟通，后面再我或者林屿森出马……"

"唉！"

一声重重的叹息打断了我的话，我回神，看见爸爸一副要笑不笑的样子。

"我好好的女儿……"他嘀咕了一句什么我没听清，"今天你别回去了，这两天我都在上海，有几个宴请，你和我一起。"

我直觉想要拒绝，可脑子里却闪过上个月和妈妈的那通电话，不知怎么就犹豫了。

爸爸看我不说话，来了一句："过河拆桥啊，用完就扔？小聂总，做事可不能这样。"

我不由有些心软，但还是坚持地说："我要问问妈妈。"

最后在老妈的许可下，我跟着爸爸去了他的饭局。座上嘉宾大部分是爸爸生意场上的朋友，还有两位著名的收藏家。我的到来引起了一阵好奇，熟人便打趣我爸爸怎么舍得把藏得那么好的女儿带出来了。

爸爸笑呵呵地说："毕业了，该出来做事了。"

我年纪小，没人劝酒，还蛮轻松的，就在旁边吃吃喝喝偶尔给妈妈和林屿森发发短信,间或也和人聊聊天。爸爸目测喝了大半斤茅台,后半场一直醉醺醺地和人称兄道弟掏心掏肺。可是等到饭局结束,回到了商务车上,他又一秒钟清醒了。

……

聂总好像挺有演技的。

爸爸问起我住哪,要送我回去。我报了地址,礼尚往来地问他住在哪里。他黑着脸说:"酒店。你妈妈把上海的房子全部拿走了。"

干得漂亮!

不愧是我妈!

到了小区,我立马跳下车,完全没有邀请他参观一下的意思。爸爸显然有点失望,但是最终也没说什么。

商务车开走了。

我看了下时间,快十点了。平常这个时候,我在干什么呢?

也许是在吃夜宵,也许是在看电影,也有可能是在单位里加班……但是,一定是和林屿森在一起。

好奇怪,明明下午还通过电话,现在居然又特别地想他。

早知道不拒绝林屿森飞回来的提议了,反正他一天只要睡四五个小时,明天早班机再飞回成都完全科学合理……

脑子里极不体贴地冒出了这个想法,下一秒却莫名其妙变成了——要不我飞到成都去找他?

这个念头一冒出来,我自己都吓到了,赶紧用力地晃了几下脑袋,想把它摇出去。可是它却宛如我脑子里扎根了似的盘旋不去,心跳都微微加快起来。

一条条理由控制不住地往外蹦。

他不是让我想一想五一去哪里玩吗?

成都又好吃又好玩,还有大熊猫可以看,难道不是五一旅游的最佳选择?

而且他在那边跟人谈生产线的事,我正好可以围观学习一下。

第二十三节

越想越觉得有道理，甚至感觉现在就可以上飞机。

冷静冷静。

明天还要去D大继续谈合作呢，而且现在肯定没飞机了。

我超级理智地思考着，走路速度却加快了。回到家中，立刻打开了电脑查询起机票，幸好为了工作我把笔记本带上了。

上海——成都。

大概临近五一，所有航班的机票都所剩无几，明天下午一点多的航班居然只剩下三张票了。我本来只想看看票的，结果一看机票这么紧张，直接就买了。

呃……

买都买了……

那要不把行李也收拾一下？

于是我又开始收拾东西。中间林屿森打来了电话，我敷衍几句就挂了，生怕露出马脚。

这么一番折腾，第二天就起晚了，我随便洗漱了一下便背着背包跑出了门。

站在电梯里才有工夫回复林屿森的早安短信。

"起晚啦，可能要迟到，幸好大老板不在。"

大老板的短信飞快回过来："老板在也不敢拿小聂怎么样。"

骗人，你可敢了。

脑子里不禁冒出来一些奇奇怪怪的画面……

打住打住，大清早的。

虽然没人看见，我还是赶紧端正了表情，给他发了一条短信确认："你之前说你是明天回来对吧？几点啊？"

"中午十一点的飞机。"

那就行，免得发生我跑去了成都，他却回了上海这样的惨剧。不过如果不幸发生了应该怎么办？

我思考了一秒，得出结论——当然是让他再飞回成都。

林总可以折腾，小聂我不可以白跑。

电梯门打开，刚刚在脑内小剧场任性了一回的我握着手机，脚步轻盈地穿过大堂，哼着歌蹦跳着下台阶，却在无意中瞥见台阶下的人后，笑容一滞。

那个人好像早就看见了我，直直对上了我的目光。

片刻，他平淡地说："何必这么惊讶，我住在这里，姜锐没说吗？"

没什么好说的，我简单点个头，从他身边走过。

"不好奇我为什么最后租在这里？"

我脚步不由一缓。

"因为这里太贵了。"身后传来轻飘的声音，"这种可望而不可即的感觉，让人特别清醒。它会时时提醒我，如果不用尽全力，就要永远承受这样的痛苦。"

第二十四节
JIAOYANG SIWO

"庄！"

身后传来的呼唤打断了我们之间诡异的气氛。

一名年轻男子气喘吁吁地跑到庄序身边："怎么不等我一起下来，让Zoey催好了，她总是最心急。哦，天哪，我们是出去camping，你能不能别总是黑白灰，没有我可以借你。"

庄序眸光在我身上最后停留了几秒，决然地转头离开："走吧。"

年轻男子这才发现我，好奇地看了我好几眼："什么情况，这位美女你认识？"

庄序没有理他，径直向外走去。

我要去小区门口打车，免不了要跟在他们后面，不过始终保持着十几米的距离。

出了小区，便看见门口停了三辆越野车，几个衣着时尚的年轻男女站在车外，显然是在等人。其中一名女子看见庄序他们就喊："庄，Alex，你们可以再慢点。"

庄序身边的年轻男子大声说："这可不关我的事，是庄在小区跟漂亮的邻居妹子搭讪。"

我已经站到另一侧路边拦出租车。没想到居然还有关于我的剧情，一时有点懵懂地朝他们看去，对上了一大片好奇的眼睛。

……

我该有什么反应？

只能礼貌地微微点头。

庄序解释了一句："是我大学同学。"

然后很自然地对我说了一句："再见。"

我……复又点点头。

庄序没再对我说什么，他走向其中一辆车，拉开驾驶座的门，对里面坐着的人说："我来开。"

他的朋友笑嘻嘻地跳下来："当然是你开，难道你指望我开那么远。"

第二十四节

他们很快开车离开了。我运气不错，不一会儿也拦到了出租车。

出租车平稳地行驶在去D大的路上。

我靠在车窗上，看着窗外掠过的城景，思绪有些散漫。

刚刚喜欢上庄序的时候，我曾无数次幻想过我们的结局，当然大部分是好的，可是失落沮丧的时候，也会想象自己哪天孤注一掷后，和他潇洒告别从此形同陌路。

那时候的心情，是幻想中的痛快决绝，也是回味时的酸涩惆怅。

如今当这一天真的到来，我心中好像也有一丝惆怅，可更多的却好像是——释然。

时间终将把无法同行的人彻底分割，我会有新的朋友新的人生，他也会有他的。

我们会逐渐对对方的人生一无所知，以后的每一天，我们都会发生无数与对方再不相干的事，把过往的一切都彻底覆盖。

我觉得刚刚庄序那声再见，是真的再见。

而我，似乎也真的再见了。

以前的我从没想过，有一天，我会需要走到庄序面前，才发现他的存在。那时候无论在哪里，只要他一出现，无论多远，我都会在人群中一眼看见他，就仿佛他会发光。

现在这层光好像没有了，我知道他依旧清俊无匹，但似乎又和路上随便一个人毫无不同。

我想，等到了成都，应该把这件事和林屿森说一下。但是不必有其他动作了，不然未免把自己看得太重了。

出租车到D大的时候，我已经做好了决定。下了车，小戴他们已经在等着了。我看了下时间，还好并没有真的迟到。

上午还是延续昨天座谈会的内容，只是对方换了更高级别的人来谈，内容也更详尽了，各种技术和人员上的合作可谓一拍即合。

中场休息了几分钟，戴总忙里偷闲地跟我说："小聂，我发现你今天似乎很兴奋。"

啊？为着下午要偷偷去成都的事，我的确有些激动。但是有这么明显吗？我一句话都没说也能让他发现端倪？

"马上要放假了嘛。"我敷衍地回答他。

"我看不像。"戴总摸着下巴端详我。

幸好这时有其他同事找他，分散了他的注意力，才没让他继续盘问我。

会议结束后，小戴和其他同事准备回苏州放假了，我在研究所门口跟他们挥手道别。

小戴奇怪地说："你不跟我们一起回苏州？"

"不回啊，苏州又没有机场。"我要飞成都呢！

没想到一时疏忽用语不当，顿时一位苏州本地的同事就伤心了，一脸悲愤地说："马上就有了，按照我们苏州的发展速度，五年内必建机场。"

"对不起对不起，我不是那个意思，我也觉得我们苏州五年内必建机场。"我双掌合十向悲愤的同事道歉，顺便激励大家，"那大家一起加油，多给苏州创收哦。"

安抚好同事，我一个人背着包奔赴虹桥机场。

说来有点不可思议，到机场之前，我居然把我恐飞的事情忘记了。直到进了安检门，我才意识到，这好像是我人生中第一次一个人搭飞机。

我一下子紧张起来。不恐飞的人大概无法体会恐飞是一种什么感觉，就是在飞机上几乎每分钟都在强行镇定，飞机抖一次心就颤抖一次，睡是根本睡不着的，只能不停地给自己找些事做来转移注意力。

我看看手中去成都的机票，现在夺路而逃好像还来得及，但是我

第二十四节

的脚却好像有自主意识似的,不停往前走着,内心竟然仍是兴奋大于恐惧的。

不就三个半小时嘛,四舍五入就是三个小时,忍一下就到啦,然后就能吓林屿森一跳了。

怀揣着这样的兴奋和紧张上了飞机,在空乘要求关闭手机之前,我发了一条短信给林屿森:"我马上起飞啦,三个半小时后降落在成都双流机场!一会见!"

发完就火速关机,完全不给他打电话过来阻止的机会。

于是三个半小时后,我一出到达大厅,就看到了林屿森。

成都比江苏炎热了几分,他单穿了一件白色长袖T恤,卓然立于人来人往之中。明明是再普通不过的装扮,他穿着却是风神俊朗光华夺目,让人轻易地一眼看见。

夹杂着平安落地的兴奋,我朝他用力地挥手,飞奔而去。我本来打算一见到他就告诉他:"我好像干成了一件大事。"

结果却是,我飞奔过去扑向他,有点委屈地跟他说:"这两天发生了好多事,我特别想见你,来的时候飞机还特别抖。"

我稳稳地落入了宽阔坚硬的怀抱,隔着一层薄薄的布料,被牢牢地锁在了他双臂之中。胸膛炙热,呼吸相闻,可是抱着我的人却好一会都没说话,我有点不确定了。

我的确来得有点冲动,他不会想要批评我吧?

我微微挣脱出来,手疾眼快地在他说话之前伸手捂住了他的嘴:"你先听我说。我知道你可以回上海,可是我就是想来找你,我觉得现在我跑过来找你,突然出现在你面前,比你回上海来找我,更让我快乐。"

一通话飞快地说完,我眨巴眼睛问他:"你听明白吗?"

林屿森微微颔首,眼神示意了下我的手。

"那不准说我哦。"

再次得到肯定答复后，我粲然一笑，放下了手，拉着他往外走："快带我去吃火锅，成都美食这么有名，我想好了我要一天吃五顿。"

却没有拉动。

我回过头，林屿森站在原地。喧闹的人群中，他的目光温柔而明亮地停驻在我身上，好像在探寻着什么。

我疑惑地跟他对视，半晌，悄悄伸手摸了摸自己的脸。

难道我脸上有什么东西？

他却蓦地笑开，抓紧我的手走到我面前，低声说："你为我而来，我怎么会说你。"

我有点懵，抬头望着他，好一会才反应过来——啊，原来这就是"为你而来"啊。

对啊，这就是啊。

想见他，一秒都不想等，甚至可以克服恐飞。想突然出现在他面前，看他一瞬间的惊讶欢喜。想了无数见面后要做的事情，期待着和他一件一件完成。

这一刻，我在心底恍然大悟。原来这一路而来所有的急切渴望，热烈期盼，早就有了命名。

它们叫——为你而来。

第二十五节
JIAOYANG
SIWO

林屿森拎着我的背包,我晃着他的手,一起朝停车场走去。

"晚上你是不是还要跟他们应酬啊,我突然冒出来会有点奇怪……我自己在酒店休息吧,你不用管我了。"

"不管他们了,我带你在成都玩。"

啊?

虽然我目的是来旅游,但是我不想打扰到公事啊,我不由猜测:"难道已经解决了?"

"还没有。"

那怎么可以不管?他应该是说笑吧。

结果林屿森却拿出手机打起了电话:"齐总,不好意思,今天晚上我有点事,就不一起吃饭了……我女朋友来成都玩,我要陪她,不然要生气的……有事我们等上班了再说,五一假日也不好多叨扰……"

我在一旁呆呆地看着他随便说了几句就挂了电话,继续往停车场走,连忙跟上去拉住了他。

"喂你真的不用陪我啊,搞定生产线重要,新厂都验收完毕了不能空着……不是,你这样太昏庸了吧!"

林屿森大笑不已,低头就捧住我的脸亲了一下:"你怎么这么可爱?"

"唔……泥个手南开。"我的脸被挤压得语不成调。

"昨天已经基本摸清楚情况了。"林屿森松开手,解释说,"陈姐帮忙联络了两个旧同事,我和齐总喝酒,另一头小谢去和人套话,已经知道是哪家横插一脚了。所以齐总这边可以晾一晾。"

我不解:"晾一晾?"

"嗯,晾着。另外再找人暗示下那家,设备有些毛病,他们的技术解决不了。这也不算假话。当然消息不能直给,得是他们无意中得知的。齐总后面会主动找我们的。"

哦……

"好吧。"我重新往前走,"快带我去吃饭,我饿死了。"

第二十五节

到了机场的私家车停车场，林屿森拿出车钥匙，打开了一辆汽车。

我看了一眼："这是你们在成都包的车？没带司机吗？"公司老板出差在外谈业务，该有的阵仗还是要有的。

"不是。"林屿森却回答说，"那辆商务车一接到你的短信就退了，这是刚刚我自己租的，这几天有车方便一些。"

说得也是。

我转身就要上车，却被林屿森一把拉住，他目光灼灼地看着我："不问问方便什么？"

还能方便什么？

"当然是方便到处玩啊。"

"错了。"林屿森一脸"孺子不可教"地摇了摇头，倾身在我唇上轻啄了一下，愉快地告诉我正确答案，"是方便昏庸。"

我："……"

某人亲了一下就心满意足地去当司机了。我没说什么，等车开出了停车场，上了机场高速，肉眼可见没地方可以停车了，才淡淡地喊他："林屿森。"

"嗯？"他目视前方，专心地开着车。

"你昏庸的时间有点短。"

……

失算了。

我哪知道双流机场到吃饭地方的路程也这么短啊。

于是在下一个停车场，我们停车后快十分钟才下车……

以后一定要看准地形再放话！

在成都的第一顿当然是吃火锅。林屿森说他在机场等我的时候已经做好了攻略，保证接下来每天吃的都是当地人才会去吃的顶级美食。

"那你会吃辣吗？"

去火锅店的路上,两个江南人士不免讨论起吃辣的问题。
"当然。"
"我也很会!"我立刻显摆自己,"其实我本来是不吃辣的,结果去南京上学,那边好多辣的菜,学校门口的酸菜鱼辣得要命,但是贼好吃,就被迫学会吃辣了。"
"我倒没训练过,不过这两天吃下来还好,平时偶尔也会去川菜馆,你方师兄这方面就完全不行。"
"他这么菜?那下次我们请他吃川菜!"

从停车场到火锅店短短的一段路,我们一起鄙视了远在天边的方师兄,志同道合地吹了十斤辣子的牛。结果到了空气中都飘着辣味的火锅店里,点了个中辣锅底,才吃了第一口,就一人要了三瓶矿泉水。
一瓶用来涮,两瓶用来喝,不够再喊。

"我们应该要微辣或者鸳鸯锅吧?"我看了看四周,低声跟林屿森讨论。
"听说要鸳鸯锅的话服务员会大声通报,要不下次你说?女生的话,服务员可能会照顾下面子。"
……
那万一还是全店通报了呢?我不要面子的?
林先生的人品真是江河日下!
我左右看看:"你过水的动作要不要稍微遮一下,男子汉大丈夫这么吃辣真的有碍观瞻哎。"
林屿森毫不介意:"能屈能伸。"
"你这两天怎么吃饭的呀,跟他们本地人吃总不好意思要水涮吧?"
"现在看来是齐总照顾我了。"林屿森感叹,"有家店味道不错,回头我带你去吃,连名字都没有,就在路边支几个桌子,拿几把竹椅子,很有意思。"
商务宴请居然是这样的?看来这位齐总颇有几分江湖。

第二十五节

说到齐总,我就想到了生产线,顺带就想起了辅料合同的事情。

对哦,我怎么把这件事忘记了!

我连忙放下筷子,兴奋地说:"林屿森,忘记跟你说了,我好像干成了一件大事!"

我飞快地把事情说了一遍,如愿以偿地得到了林屿森的惊讶和赞美。

"做得很漂亮,远超我的预期。"

我一脸得意。

"为什么会想到这么做?"林屿森问我。

"首先,我想明白了一件事,盛家冤枉我,是他们要给我一个说法,不应该是我去跟他们证明清白,所以我要气焰嚣张一点。"我重新拿起筷子,非常严肃地烫了一勺牛肉。

林屿森纠正我:"谁主张谁举证,这叫理直气壮,不叫气焰嚣张。"

"你说得对。"我从善如流,的确没必要把自己形容得很飞扬跋扈似的,"然后就是因为我这次很亏啊!"

"那已经吃了这么大亏了,一定要想办法从别的地方找回来一点。不是都说危机就是转机吗?我就努力想转机在哪里,多少回点本。事关盛伯伯,就很容易联想到那个合同嘛。你说过要抓主要矛盾,我觉得这才是主要矛盾。"

林屿森莞尔:"我那会说的可不是这个意思。"

"差不多,我天资聪颖触类旁通。"我神气地说,"反正当时去的路上,我一点都不难过了,好像要去打一场仗,还有点激动。"

林屿森目不转睛地看着我:"我们曦光看来是能干大事的人。"

"有吗有吗?"愿闻其详。

"当然,能摒弃情绪干扰,把危机变成转机,不利化为有利,需要很优秀的应变能力和坚韧的心理素质。"

林屿森比我爸会夸人多了!

他有理论哎,不像我爸爸最后目的还是夸他自己。

虽然知道林屿森的话水分很大,我还是心花怒放,殷勤地给他夹了一块巨辣的豆腐皮:"哪里哪里,全靠林总言传身教。"

肉过一下水就不那么辣了,豆腐皮这种吸满了汤汁的还是巨辣无比。

林屿森看了一眼豆腐皮,体贴地帮我夹了一筷子蔬菜:"不要一直吃肉,也吃点蔬菜。"

我看了看沾满了辣椒的蔬菜……

林总显然也有很优秀的应变坑人能力。

我们大概就是传说中的又菜又爱吃,居然就这么辣着全部吃完了。结账的时候,服务员小哥瞅了眼我们用来涮菜的矿泉水,好奇地问我们:"你们哪里来的?这点辣都吃不了。"

"上海。"我立刻说。

"江苏。"林屿森几乎同时。

???

这算栽赃成功还是失败啊?

"江浙沪啊。"服务员小哥一网打尽,还带上了无辜的小浙,"一猜就是,下次别点中辣了,你们微微辣就行。"

我们耻辱出店,转眼就忘记了教训,又跑去吃了麻辣烤兔(和矿泉水),等上车回酒店的时候,我感觉我嘴唇都辣肿了。

汽车停在了酒店停车场,我后知后觉地想起了一个关键问题,晚上……呃,我要再开一间房的吧?毕竟我们在一起才几个月……

但是林屿森会不会觉得这样很生分啊。

我默默地纠结着,结果刚踏入酒店大堂,就碰到了陪林屿森一起来成都的同事小谢。

小谢应该也是从外面夜宵回来,身上飘着麻辣火锅的味道,哼着小调快乐得很,直到看到我们的那一刹。

他歌声戛然而止,满脸震惊地在我和林屿森之间看来看去,很快又变成窥破上司隐私的尴尬。

我也有点不好意思……男朋友出个差都跑过来找他什么的,显得好

第二十五节

黏哦。只有林屿森坦然自若："小谢，正好要找你。"

"啊？"小谢呆呆的。

"你房间是双床吧？晚上我睡你那。"

"哦，对，行行。那我赶紧回去收拾一下。"

小谢拔腿就跑。

林屿森回头看我："晚上你睡我房间。"

我抿嘴而笑："好啊，那你要先去收拾一下吗？"

第二十六节
JIAOYANG SIWO

因为自己租了车，我们在成都玩得特别自由自在且没计划，基本上前一天晚上才能决定第二天去哪。但是这样好像反而契合了这个城市的气质，完美地融入了进去。

小谢第二天就回苏州了，林屿森依旧住在他房间，每天早上带着不同的早餐来叫醒我。

旅游真的是一件很亲密的事情。

如果平时和一个人在一起很快乐，那一起旅游就是密集的快乐。

明明也没做什么特别的事。只是一起开着车去了都江堰，一起走在城市里那些著名的大街小巷，一起坐在茶社喝着茶吹着风，一起分享每一道美食……

可是我该如何形容这种感受呢？

世界仿佛焕然一新，再寻常的事物都变得新鲜有趣，每天睁开眼便充满期待，所见所闻的一切都想找他分享讨论。

我们好像有越来越多说不完的话题。

每天白天已经说了那么多了，晚上回到酒店，我们仍然会一起依靠在沙发上说话。

我跟他说我对爸爸的复杂心理，不想理他又不忍心不理他，他跟我说曾经他对外公也是这样。

我跟他说我小时候在乡下和爷爷奶奶的生活，他跟我说他小时候在老公房里各种各样的故事，然后一起约定要找时间回去看看。

我要带他去吃乡下最好吃的烧饼，他要带我去看老公房门口那棵每年结很多枣子的枣树。

当然我们经常也会有很久的沉默……

好糟糕，我发现我千里迢迢跑到成都，不仅没有消除心底那种莫名其妙想要贴近的情绪，反而更严重了。

我好像越来越舍不得和他分开，哪怕只是晚上短短的几个小时，第二天一早又会见到。

还好，他应该也是。

在我的房间里，沙发上，又一次长久的沉默之后，他停下动作，喟然叹息:"明天回来一定头也不回地回自己房间,不然太考验自己了。"

"你昨天也是这么说的。"我靠在他身上,声音有些绵软,但是并不妨碍我指出他的言不由衷。

"不要揭穿。"他轻笑着,炙热的气息喷洒在我耳畔,然后又轻轻吻住了我……

离开成都的前一天,我们接到了齐总的电话。

当时我们刚从成都大熊猫基地离开,林屿森开着车,我坐在副驾上,正慷慨激昂地为神州大地其他省份鸣不平。

"为什么其他地方没有大熊猫呢?比如说我们无锡,那么多竹子,却没有长出大熊猫,这合理吗?"

"不用这么嫉妒。"林屿森非常智慧地安慰我,"反正不管地里长不长大熊猫,大家都摸不到,所以还是公平的。"

齐总的电话便是这时候打过来的,林屿森不方便接电话,我拿过手机看了一眼,微微激动:"是齐总的电话,难道……"

"按免提吧。"

我依言按了免提,齐总一口川普立刻响彻在狭小的车厢内。

"林总,走没得?还在成都没得?"

"还没走,刚从大熊猫基地回来。"

齐总打了个哈哈:"熊猫好啊,来成都大家都要去看。林总,你女朋友来了,我还没请你们吃过饭,这样,晚上我找个好吃的馆子,给你们接个风。"

……

这接风可真够迟的,我们明天都要走了。

林屿森笑:"不劳齐总破费了,我们明天就离开成都了,今晚想在成都市区里逛逛,我这边也订好餐厅了。"

"明天就走了?"齐总瞬间提高了嗓门,不再遮掩目的,"这我更要请了,正好我也有点事情要跟林总再谈一下。"

第二十六节

"真不必了。"林屿森语调始终不疾不徐，"该谈的都谈完了，我们公司已经明白齐总的想法……"

"不不不。"齐总急切地打断林屿森，"林总你没明白，明白错了，我们再见个面好好谈谈。"

林屿森微微一笑，安静地开着车。

我探头研究了下他的表情，唔……林总貌似想再谈谈价格。

过了一会，电话那头齐总小心地呼唤："林总？"

"行。"林总终于松口，"我女朋友不太能吃辣，劳烦齐总安排了。"

"不存在，跟我客气啥子，等会儿我定好了馆子给你发。"齐总大喜地挂断了电话。

"我这几天吃辣又进步了好不好。"我抗议着将手机放回原处，问他，"你是不是想再还还价啊？"

"试试，齐总最近急着用钱。"

"那……"我眼珠转动着，"要不待会吃饭的时候你介绍一下我是大股东的女儿？我负责全程不高兴。"

林屿森瞬间意会，眉眼间染上了笑意："遵命，大小姐。"

于是晚上和齐总吃饭的时候，我和林屿森算是打了一个漂亮的配合？

我感觉我好像继承了一点点聂总的演技，循序渐进地表演了一下不耐烦不高兴不差钱的戏码。

台词更是充满了个性，比如——

"为什么买二手设备？我们又不差钱，全新的设备买不起吗？谁知道会不会有什么毛病。"

"朋友都知道我要出来做事，哪有买二手设备的，说出去都不好意思。而且没多久就要迭代了，到时候还能卖给谁，当废品吗？"

"要是担心预算，我让家里打钱到公司账上。"

也就齐总远在成都，但凡在长三角我都不敢这么入戏——日后我可是要出来做事的，多少要注意点形象。

至于林屿森，全程都在唯唯诺诺，在本大小姐的威压下根本不敢多话。

最终齐总心如刀割地主动降了一些价格并且承担了运费，我才不再反对。齐总赶紧抓着林屿森把事情敲定了。

价格这方面，我们并没有逼得太过。毕竟最近利好政策迭出，虽然不少人还在观望，但是胆子大的都已经开始布局了，不然怎么会冒出其他公司跟我们抢设备呢。也就今日齐总急着找钱填别的窟窿，不然恐怕一分钱都压不下来。

第二天我们就要回上海了，齐总心急如焚地按照之前的条款改了价格后重做了一份合同，直接盖好章让人送到机场，递到了我们手里。

因为等了下送合同的人，安检之后所剩的时间并不多了，于是我们直接去了候机大厅。没想到飞机居然晚点了，人又特别多，我们好不容易才占到两个位置。

就在这嘈杂的环境中，林屿森认真地把合同看了一遍。

"没什么问题。"

他收起合同，齐总的电话又追了过来，林屿森也不再拿乔，爽快地答应设备到厂后立刻打全款。

说着说着，不知道那边齐总说了什么，林屿森突然笑起来："哪里哪里，这点还是不如你们四川男人，不过也算全国闻名。"

什么不如四川男人？我好奇心燃起，等他电话挂了，连忙问："你们在说什么，什么不如人家又全国闻名？"

林屿森把手机往口袋里一收，动作潇洒又骄傲："耙耳朵，怕老婆。"

我："……"

"母老虎"的名声不能白担，我指挥他："那你快去给你……女朋友买点吃的。"

第二十六节

177

林屿森居然对我的态度有意见:"要我干活难道不应该温柔一点,说点好话?我只是未来会怕老婆,又不怕女朋友。"

"……现在都不干活,以后就不升级了。"

林屿森严肃地思考了几秒,妥协了:"有效威胁。"

他伸展长腿,能屈能伸地站起身:"好了,我的宝贝女朋友,你想吃什么?"

这时我的手机突然响起来,我看了一眼,是个陌生号码。我一边接起来一边对林屿森说:"这个肯定你自己想呀,买对了升级成女朋友2.0。"

"听上去道阻且长。"林屿森摇头叹息着去买东西了,我对着电话"喂"了一声,那边却没有声音,我又"喂喂"了两声,还是没人说话,我一头雾水地挂了。

大概是打错了。

挂了电话,我想起姜锐早上给我发的短信还没回,干脆打了个电话给他。

电话很快接通,我直截了当地说:"我还没回去,在成都的机场呢,你干吗问我回没回去,要请我吃饭吗?"

姜锐说:"没什么,我就问问。"

咦,我说他要请我吃饭,他居然没蹦起来大声抗议?

"到了上海我还要跟林屿森去探望下盛爷爷,然后就回苏州了,估计这次没时间找你了。"

"哦,姐……你在成都玩得开心吗?"

"开心啊,不是给你发照片了。"

他又"哦"了一声,一副欲言又止的模样。

我不由奇怪:"你怎么了?"

他安静了一会,随即下定决心似的:"姐,有些事情我觉得还是应该跟你说一下。"

"那你说啊。"这么难以启齿,难道是感情方面的事?我莫名想到了之前在新街口遇见的那个妹子,"难道你和那个妹子有什么发展了?"

"什么跟什么?"姜锐叫起来,"是庄哥!"

我倏然皱眉。

姜锐叫完,说话便一下子流畅起来:"昨天回上海的火车上,我碰见庄非了,下了火车,庄哥来接他,看到我就说带我们一起吃饭,我也不好推辞,就一起去了。我们吃了挺久,庄哥中间问起了我游学的事情,但是没提起你,后来还是庄非问我,你姐姐现在在做什么,我说你在苏州工作。我有点幼稚,故意显摆说你现在和男朋友一起可开心了,都不太搭理我了。庄非很震惊,立刻问我你姐姐有男朋友了?我说对啊,过年前几天飞快地谈了一个。庄哥本来一直没说话,不知道怎么地我说完这句话,他一下子神情大变。后来他送我们去学校,走了又折回来问我:'你姐姐什么时候和林屿森在一起的,过年前几天?'我琢磨这也没什么不能说的,就说对,他好像脸色更难看了。姐,我说这个没事吧?这里面有什么我不知道的关键吗?"

姜锐非常敏锐地问。

我沉默了片刻:"没什么关键,没关系的。"

"那就好。"姜锐松了一口气,"还有一件事,我一并说了吧。"

"过年的时候我就一直纠结要不要告诉你。你来南京过年前,张阿姨忽然跟我提到说,庄哥到我家来找过你。张阿姨告诉他,你和我一起留学去了。张阿姨说的是留学,我跟她确定了好几次。其实她现在都弄不清,还反问我,'你们不就是去留学了吗?我没说错吧'。她说庄哥在门口待了很久才走,连伞都忘记拿,外面下着大雨,她追到门口喊他,他人影都不见了。"

"姐,你还记得吧,当时我们出国,因为走得匆忙,你的手机根本没开通国际漫游,就算打我的电话,也可能因为时差我关机接不到,他……或许找不到我们。所以过年那会我天天拉着你逛新街口,就是想看看能不能碰到他,把一切交给上天决定。如果不是我出国游学,庄哥就会找到你,你们现在……姐,我忍不住就会想,如果不是我,也许你……"

"姜锐。"我打断他。

姜锐停了下来。

第二十六节

"谢谢你拉着我出去游学。"我说,"我觉得现在更快乐。"
"真的吗?"姜锐居然追问。

我知道他为什么会这么不确定,哪怕他见过我和林屿森在一起的样子。
因为他也见过我对另一个人不顾一切的追逐,用尽全力的喜欢。
他怕我留下遗憾。
我的弟弟不会站在任何一个人一边,他只希望我和最喜欢的人在一起。可是,我该怎么告诉他,那时候喜欢是真的,现在烟消云散也是真的呢?
我有时候自己也会想,原来我可以这么快变心的吗?我和林屿森在一起才几个月而已,甚至没有我喜欢庄序的时间长。这就可以完全放下从前,接受另一个完全不同的人占满我的思绪和生活吗?

我心有所觉地朝远处望去。
高大英挺的男子恰巧就在这一秒从转弯处走出。他手里拿着两杯饮料,提了一个大袋子,步履从容地向我走来,身后照耀着机场大落地窗外炽烈的阳光。
光线连同我的心情在这一刻都变得和煦温柔。
向我走来的这个人,他聪明,坚定,包容,豁达,才智过人,洒脱有趣。
他对我,仿佛有着世界上一切美德。
我对他从来不需要小心翼翼,不需要揣摩猜测,可以任性地索取,也可以毫无顾忌地付出。
或许我真的变心太快了,可是如果得到过炽烈坦荡如骄阳般的爱意,谁还会在意忽明忽灭闪烁的烟火?
"当然是真的。"
我认真地对电话那头的姜锐说:"没有得到对等回应的喜欢,和两情相悦比起来,不堪一击。"

第二十七节
JIAOYANG SIWO

回来依旧落地在虹桥机场，我们先去探望了已经出院的盛老爷子，然后连夜回了苏州。

路上林屿森跟我提起了盛行杰，说他已经被派到了外地公司，一两年内是回不了盛远核心了。

"处罚这么轻啊？"我评价了一句，问他，"你跟盛爷爷说了你要回去从医的事情了吗？"

"简单说了下，外公十分意外，我跟他提了一下行秀。"

"行秀？"我印象中盛行秀就是一个和我一样爱喝奶茶，热闹活泼的女生。

林屿森却说："其实行秀资质超过行杰、行乐，只是从小看我妈妈的经历，知道努力也无望，从没往那方面想过。但如今世易时移，风气大改，外公或许也有所触动改变。"

"事在人为。"他补充了一句。

我连连点头："那你赶紧把送我的鸡汤再给行秀打一遍。"

林屿森失笑："那倒也不必掺和进去。炖汤不易，还是省下来留给我家女朋友吧。"

林屿森把我送到宿舍就走了，出去玩了几天，有一大堆工作等着他处理。小员工我就轻松多了，稍微收拾了一下，便抱着一大堆吃的玩的去找殷洁和羽华。

这次去成都我给公司相熟的同事都带了小礼物，给殷洁、羽华带的东西最多，熊猫玩偶、各种麻辣小吃、羽华点名要的五香兔子……

到了她们宿舍，殷洁一刻都不能等，拿过一袋麻辣兔丁就开吃："好爽，羽华你真的不试试？"

羽华敏捷地躲开塞到嘴边的麻辣兔肉："我真的不行，我都跑到江苏了怎么还有人劝我吃辣。"

殷洁悻悻然收回手："你在成都到底怎么活到现在的啊？"

我猜测说："所以才跑来江苏工作的吧，为了扩展生存食谱？"

殷洁点头赞同："合理。"

羽华拆着五香兔子，懒得理我们。

殷洁扫了一眼我带来的东西："曦光，你买这么多，是林总付钱还是你付钱？"

我认真回想了一番："好像除了熊猫玩偶，都是他付的。"

"那就行，那我就没心理负担了。要是闺蜜的工资我还是有点心疼的，老板就无所谓了。"

殷洁好像吃得更香了："说起来，我的梦想之一实现了哎，闺蜜嫁给高富帅霸道总裁，从此我疯狂沾光横走公司。"

"你目前也就吃了个兔子……"我无语，"而且，既然是梦想，为什么不是自己嫁给高富帅霸道总裁呢？"

殷洁科学严谨地回答我："因为我就只有一个啊，闺蜜可以有很多个，你说哪个实现的概率大？"

受教了，原来做梦还要讲概率。

我停顿了一下，大家都这么久的朋友了，我不想再隐瞒什么："其实，不需要林屿森也可以疯狂沾光来着，起码吃喝玩乐可以。"

殷洁一愣："怎么沾？"

一旁的羽华也看向我。

"那个我也是白富美来着。"说完我不确定地问了一下，"美的吧？"

"那必须美！"殷洁一秒肯定后恍然大悟地说，"我就觉得你花钱大手大脚的，家里果然有钱！"

"嗯，你们知道我们公司还有一个股东是无锡一家公司吧？"

"知道啊。"

"嗯……那是我家的公司。"

殷洁定住了，羽华也停住了手，两人直勾勾地瞪着我。

我坐直了身体，正色说："所以，靠什么闺蜜的男朋友，靠闺蜜就行了！"

良久，殷洁"嗷呜"一声："你说得对，为什么要靠男人，呜呜呜，我格局打开了。"

第二十七节

殷洁和羽华吃完兔子后信誓旦旦地保证,她们绝对会帮我保守秘密。其实我倒不在意,甚至觉得应该找个机会大大方方地说出来。

因为想法完全不同了。

以前我只打算在公司混日子,当然没必要把家世四处宣扬。可是现在打算认认真真做事了,很多时候做的事甚至超出了财务范畴,就不好再遮遮掩掩。

这种情况下,堂堂正正地说出来,无疑更有利于工作的展开和公司的氛围。不过这个机会并不好找,哪有人闲着没事跑出去嚷嚷自己是谁谁的女儿啊。

想了一番,也跟林屿森沟通了几句,我就把这事放在了一边。不料第二天一上班,他就帮我创造了机会。

月初第一次携带青年员工的高层例会上,他居然公开表扬我解决了辅料合同的事。

我始料未及,在同事们震惊意外的目光中僵硬微笑着挺完了整场会议。

会议一结束,我顾不得大家的目光,急匆匆跟上林屿森,低声质问:"你怎么这么着急啊,后续还没落定呢。"

"不会有什么变数,想提前表扬一下你。"林总道貌岸然地说,"主要是今天会议没什么内容,太空泛不好。"

???

明明内容很多。话说回来,就算没什么内容,你就可以"献祭"女朋友吗?

果然当领导的心都黑!

林总带着戴总大步离开。

我落后几步,和年轻的同事们走在一起。在一片夸赞声中走了一段路,即将四散回各自部门之前,我突然福至心灵,这不就是个好机会吗?

我连忙喊住大家,发出邀约:"那个,今天晚上,我请大家吃饭?"

晚上吃饭当然还喊上了殷洁、羽华和琪琪。

饭桌上，在众人一片和谐的褒扬声中，我急匆匆地说明了真相："其实是利用了关系才搞定的，我自己本身并不是最关键的。"

大家心照不宣地交换眼神，一副果然如此的表情。我知道他们大概以为我用了林屿森的关系。

"我家里的关系。其实我家在光屿有股份，就是无锡远程，所以这件事情也没什么大不了的，大家不用夸我。"

话一说完，餐桌上顿时一片安静，连恰好走进来上菜的服务员都观察着轻手轻脚起来。

殷洁和羽华短暂地诧异了一下，估计奇怪我会这么突兀地说出来。不过毕竟提前知情了，很快就淡定起来，趁大家无心吃饭愉快地扫荡着餐桌。

大家安静得有点久，我和他们互相望了一阵，最终还是我打破了僵局，小心地建议："瞒了大家这么久，不好意思啊……所以你们要加点菜吗？我觉得你们刚刚点的有点少……"

晚上回公司的路上，我和殷洁、羽华、琪琪打了一辆车。

殷洁唏嘘万千："谁能想到啊，我们公司大小姐现在居然还住四人宿舍。"

我被她麻到了："麻烦你不要编这种称呼，谢谢谢谢，开玩笑也不行，万一传开了我想死，而且我那是单人宿舍。"

说是四人宿舍，但是后面一直没人搬进来，不知道是不是林屿森跟后勤科打了招呼。

羽华说："你还是赶紧搬到我们这边来吧，毕竟生活设施方便，有洗衣机。"

"嗯，知道啦。"我随口应着，"之前A楼空出来的房间我让给陈姐了，技术骨干重要。"

琪琪竖起大拇指："那会我还在想为什么不是你住进去呢，以为是为了爱情，原来是为了公司啊。"

第二十七节

"这叫格局。"我赶紧自我吹嘘了下,"不过下次绝对不让了。"

殷洁不知道在想什么,安静了好一会了,这时突地一拍大腿,吓了大家一跳。她嚷嚷着说:"我总算想到哪里不对劲了。曦光,你怎么把自己是股东女儿的事这么平淡地说出来了呢?多好的情节啊,被你整得平平无奇。"

我们三个都没太懂,莫名其妙地看着她。

殷洁滔滔不绝:"如果是电视剧或者小说里,一般这种隐姓埋名微服私访的剧情,应该有个反派不停地欺负你诬陷你,然后在紧要的关头,突然你被人发现了身份,所有人都震惊了,反派面如土色……这才爽呢,哪有你这么随随便便自己说的。"

我:"……"

我觉得随随便便——不是,是大大方方自己说挺好的,但是顺着殷洁的思路想了一下后,好像也被爽到了,遗憾地说:"爽是爽,可是公司也没人欺负我,这要等多久啊。而且现代社会,能把'反派'怎么样呢,人家换个工作不就好了?"

琪琪赞同:"对啊,如果我欺负过曦光,我肯定今天晚上就开始投简历。"

殷洁嫌弃地说:"算了,你们根本不懂戏剧的艺术。还有琪琪,你别给自己加戏。"

几乎是一晚之间,关于我是股东女儿的消息就传遍了整个公司。后面几天上班,总感觉有眼神不时偷偷朝我看来。不过大家都很克制,并没有人来打探什么。

只有吴科长,某天在电梯里撞见,他憋了半天,冒出了一句:"原来是真的。"

我心领神会,默默地"嗯"了一声。

踏出电梯的时候,吴科长已经恢复了部门领导的姿态:"加油吧小聂,女孩子有志气很好,我家闺女还说以后要当领导。"

面对突如其来的鼓励,我措手不及:"哎……我尽量。"

"我这边也会安排一下，有重要的工作让你多多参与，多多加班。"吴科长神色之间充满了使命感。

？？？

我："……谢谢科长？"

"不客气不客气。"吴科长谦虚地说，"毕竟整个公司都是你家的，这也不算开小灶。"

我这辈子也没想过，有朝一日开小灶居然等同于加班……

只能发自内心的感谢科长吧……

有了股东女儿的名头，我参与一些工作彻底名正言顺起来，但人际关系方面，和一些同事之间难免不复之前自然。不过完全不当一回事的也不少，比如说殷洁、琪琪和羽华，比如说厂区管理中心的小苏。

这天我和琪琪一起到新厂区做固定资产登记造册。从成都发过来的生产线目前已经就位了，陈姐正带着人做安装调试。

我和琪琪在新厂区清点了一圈，抱着账册回到厂区管理中心喝水休息。

小苏一看到我们就非常兴奋地招手："一手消息，你们财务部又来A行的帅哥了，还是两个！淡淡说来做贷后检查的。"

这一幕似曾相识。

我有些恍惚，很快又摇头笑了起来。

那次来公司的人也许是庄序，也许不是，都不再重要。但是这次来的肯定不是，毕竟他已经去了投行部，贷后检查已经不在他职责范围内了。

回办公楼的时候已经快到下班时间。我才在自己的座位坐下，便被吴科长叫了过去。

吴科长在小会议室门口叫我："小聂，你过来一下。"

我跑过去。

"今天银行的人来做贷后检查，戴总先跟他们聊了一下。后面他们

第二十七节

来财务部审查各种资料一直到现在,还要去厂里看看。你新厂跑得多,对生产设备也比较了解,和我一起带他们去厂里看一下吧。"

我微微一愣,点了点头。

吴科长小声说:"这次他们特别较真,看了好久了还没走,幸好我们贷款用途扎扎实实没作假,你待会说话注意些。"

"好。"

吴科长把我带进了会议室,对里面的人说:"这是我们财务部的小聂,她对新厂区比较熟悉,待会和我一起带你们去厂区核实贷款用途。"

会议室里两名身着正装的男子一起朝我看来,其中一名合上了手中的资料,抬头看我,平静地说:"那麻烦你了。"

第二十八节
JIAOYANG
SIWO

我第一反应是想推掉这份差事，去厂区并不是非我不可。然而还没开口，另一名年轻男子就说："这位同事我是不是见过？"

他一拍脑袋："庄，是不是上次在小区楼下和你聊天的那个？"

"是的。"庄序站起来说，"真是太巧了，这位聂小姐是我大学校友。"

吴科长意外又高兴地说："这么巧，那不正好，我们抓紧时间过去吧。"

吴科长率先走出了会议室，陌生的年轻男子收拾好东西跟了上去。庄序落在后面，在门口停住了脚步，拉住会议室的门，转头看我。

室外，吴科长有些疑惑地回头。

我举步走了出去。

我们一起走出了办公楼。

自我介绍姓王叫Alex的年轻男子话比较多："不好意思，前面去了别的公司，到你们这晚了，耽误你们下班了。"

"没事没事。"吴科长连声说。

"厂区和办公区远吗？需不需要开车，庄其实还在病假中，被我喊过来帮忙，因为之前他负责你们公司的业务，他现在已经不在我们部门……"

他话还没说完就被庄序打断："我没事。"

吴科长打量了庄序一眼："我说庄先生怎么气色不太好，那我喊下司机？就是要等一会。"

"不用了，我没什么问题，谢谢吴科。"

我跟在他们身后，恰好发完短信，闻言抬头看了一眼他的背影，的确愈发清瘦了。

厂区的确不远，但天气炎热，走过去并不轻松。走到半程，恰逢员工下班，我们逆着人流走到了新厂区外。Alex拿出相机："吴科，之前我跟你说过的，要拍一些照片存档，你放心，这些照片不会对外公开。"

贷后检查是有这个环节，吴科长没阻止："我们答应你们拍的，肯定是能拍的。"

等Alex拍完新厂区外部照片,我们便带着他们进入内部,开始参观生产线。这一部分吴科长不如我熟悉,从头到尾都是我在介绍。

一路走一路说,从生产流程到生产线的性能产能,以及一些财务上的数据,平均成本之类的,我都尽量简明扼要地说清楚。

很快整个生产流程便解说完毕,我们也走到了尽头。站在设备边上,Alex问我:"聂小姐,我看了生产线采购合同的复印件,你们买的是二手设备,为什么不从欧洲进口最先进的设备呢?"

"主要是出于两方面的考虑。"我认真地回答他,"第一当然是成本,生产线本身的成本以及运输成本。第二是时间,国家最近出台了不少利好政策,我们对市场预期很乐观,从国内购买生产线能以最快速度投入生产,抓住第一波机会。"

"既然你们这么乐观,为什么不一步到位?"Alex说,"如果预判市场将迎来一波大涨,那在其他人还没反应过来的时候买入最新设备,总好过以后需求上涨,在高位被设备商收割。"

我耐心解释:"我们研究过国外最新设备的性能数据,和我们购买的比起来,并没有根本性的突破。至于以后会不会被收割……也许再过几年,我们不用从海外购买设备了呢?"

Alex显而易见地震惊:"聂小姐觉得将来光伏生产设备可以完全国产化?"

"逐渐国产化吧,我想这一定是未来趋势。其实我们觉得未来整个光伏产业链都会国产化,上下游完全打通。"

"All right,聂小姐果然很乐观。"Alex耸肩,表情显然对我所说的话并不认同,"你和庄果然是校友,看法都差不多。去年整个中国的光伏产业遭遇了严重打击,各大银行都收紧了贷款。对是否放款给贵司我们一直犹豫不决,庄递交的产业发展研究报告和趋势预判起了很大作用。庄,难道你是因为聂小姐才这么上心?"

他开玩笑似的说。

我和Alex交谈的时候,庄序一直是置身事外的态度,目光一直在设备上

第二十八节

流连。这会Alex提到他,他才回转身来,淡淡地说:"我之前并不知道聂同学在这里任职。我去年不过刚刚入职,我的调研报告影响不了上司的决策。"

我不再同Alex争辩,微笑着客套地说:"无论如何谢谢庄同学。王先生也不用过分担忧,您应该已经检查过我们的抵押物了,银行总是不会亏的对吗?"

吴科长偷偷给我竖了个大拇指,打了个哈哈说:"我看大家也别站着说话了,前面有个小会议室,我们休息一下喝口茶吧。"

吴科长做了个请的姿势,引着庄序和Alex走向会议室。

走了一段,他落后了几步,低声跟我说:"这个亚历山大有点傲,不如你同学,可惜他换部门不负责我们公司了。这个亚历山大,银行又不是做慈善,他意见这么多干什么,你刚刚回得好。"

我说:"也不用太在意,客客气气就好了。"

吴科长说:"那是当然的,我看戴总的意思,往后贷款也不在A行了,毕竟主营国内业务了。"

我点点头。

小会议室比较简陋,是平时车间开会用的。进了会议室,吴科长招呼大家在会议桌两侧坐下,我倒了三杯茶给他们。Alex又问了一些问题,然后他瞥了一眼庄序,站起来说:"吴科,洗手间在哪里?能不能带我去一下?"

吴科长也站起来:"是有点难找,我带你过去。"

吴科长带着Alex离开了会议室,室内顿时安静下来。

我内心出乎自己意料地镇定,没有再想过要避开,沉静地等着他开口。

庄序的神色也平静无波,大概因为刚生完病的缘故,他两颊微微凹了进去,坐在椅中,整个人看起来苍白而单薄。

他目光投在杯中:"我以前来过这里,没想到你在。"

我眼睫微动,没有说话。

"甚至去过你们财务部。"

"命运真奇特是不是。"他抬眸看我,"大学毕业的时候,我以为你会去上海工作。毕业前的招聘会,我帮你投了几份简历,都和A行很近。可是你迟迟不出现,我忍不住打了电话,却一直是关机。我也打过姜锐的电话,也是关机。后来我回南京,去了一趟姜锐家,张阿姨跟我说,你和姜锐去留学了。"

"元旦再见到你,你说你已经林屿森在一起了,之前只是去游学。"他平静地说着,"现在姜锐却又告诉我,那会你们没有在一起。"

我终究还是站了起来:"抱歉,我要回去工作了。"

"跑什么?"他嘴角带着苍凉的笑意,"难道我会来插足别人的感情?我只是……"

"我不知道我来做什么。"

他目光落向了桌面:"我做错了什么?聂曦光。"

我沉默了一会:"我做错什么了吗?"

窒息般的沉默弥漫。

我站起身往外走去,拉开门的时候,身后传来轻轻的问句:"元旦的时候,为什么要骗我?我可以接受很多理由,但是这样的错过,你不遗憾吗聂曦光?"

我抓住玻璃门,好一会才说话:"庄序,有一件事情,我一直想跟你确定。"

他望向我:"你说。"

"大学的时候,我问过叶容,她对我说你们只是不太熟悉的邻居,我才会向你表白。我并没有横刀夺爱的意思,以前我给你发过短信解释,但是你没有回我。请问你收到了吗?"

这回是他隔了很久才回答我:"收到了。我……"

我打断他:"那我没有遗憾了。"

眼眶似乎有点灼热,但是我很高兴自己字句清晰:"我证明了我的清白,我没有遗憾了。"

第二十八节

第二十九节
JIAOYANG SIWO

我从会议室边上的小门离开了新厂，走在新旧厂区之间的夹道上。

来之前我隐隐约约有些预感，可是当一切真的发生时，仍然觉得是那么的荒诞离奇。

他好像在说，他以前就对我怀有和我之前对他一样的感情？

他……喜欢我？

这多么的可笑。

什么样的喜欢，会这样地难以启齿？

什么样的喜欢，会让对方觉得自己一直被讨厌着？

答疑解惑的机会似乎就在眼前，但我发现自己竟然已经毫无兴趣，只想彻底远离这一切。

远处巨大的落日挂在新旧厂房的缝隙中，即将要回到地平线之下，空旷的夹道上一时只有我的足音。再往前十几米就能走出夹道了，我不由加快了步伐，然而就在这时，身后却传来了一阵急促沉重的奔跑声。

我心头一跳。

那脚步声越来越响，越来越近，转眼就到了我身后，我还没有来得及做出什么反应，下一秒，便被人从后面猛然抓住了手腕。

"聂曦光。"

我被巨大的力量带着转了个身，庄序那苍白而瘦削的脸庞不可思议地再度出现在我面前。他头发凌乱，胸膛剧烈地起伏着。

"聂曦光。"他又叫了一遍我的名字。

"对不起，我知道我做错了很多事，以前对你有很多误解，我一直想弥补，我想等到了上海重新开始，我以为一切都来得及。可是你一毕业就不见了，我到处找不到你，我以为你出国了，我上个月才换掉南京的手机。但是你说过的，毕业的时候，你说过大葡萄会回来的。"他语序凌乱地说着，带着奔跑后的气喘，盯着我的眼睛里全是挣脱而出的不顾一切的决绝。

我一时有些惶然，顾不得分辨他的语意，只想用力地挣开他的手："你放开我。"

第二十九节

他置若罔闻，甚至把我的手腕抓得更紧了："我知道我不该来，你已经和别人在一起了，生病的时候我跟自己说过无数次，你不要去自取其辱，我这辈子最怕输。但是，聂曦光，我已经一败涂地，还能怎么输？"

"你觉得我现在疯了是吗？我当然疯了，不然我怎么会忍不住？我会忍住。聂曦光，我一直在忍住。可是为什么要告诉我，你们元旦的时候没有在一起。你让我怎么接受这一切？！为什么我永远在错过？这个世界对我不公平，你对我不公平。"

"你能不能接受跟我有什么关系？！"我终于忍不住喊出来，用尽全身力气甩开了他的手，后退了一步，靠在了墙上，警惕地看着他。

四目相对，他低头看向了他的手，眼眸里似乎划过了一丝痛楚。

我稍稍冷静了一下："元旦的时候，我为什么'骗'你，你不能稍微回忆下吗？堂堂投行精英，不至于这么健忘吧。"

"我不知道你为什么会觉得你喜欢我，你是要表达这个意思吗？如果是的话，这在我来说，是需要理解很久的事。但是这些都不重要，我已经有男朋友了，我非常确定我想和他共度余生，不会有任何动摇。所以请你保持大学校友的距离，不要对我说这些不合时宜的话。"

"不合时宜？"他缓缓抬起眼眸，惨然地笑着说，"你现在跟我说不合时宜，一开始不合时宜的不是你吗？明明知道不合适，却那么执着地要挤进我的生活，然后在我投降后一走了之直接消失。既然你以前可以不合时宜，我为什么不可以？！"

他竟然这么说！我心头猛然一股怒火烧起："别骗自己了庄序。"

"要找一个人，真的那么难吗？电话打不通，就没有别的办法吗？我以前也感受到过你的'喜欢'，可是是你，是你亲口否定了，你凭什么现在跑过来对我说这些，你不觉得可笑吗？

"你说你对我有误解，你凭什么对我有误解，因为别人的话？可是我们相处了整整一个暑假和一个学期，我做过那么多事，说过那么多话，你看不到听不到吗？凭你的智商情商真的看不明白吗？你只是不想明白，你只是有恃无恐。"

"大葡萄,我不知道你说的是我,但是就算那时候我懂了,凭什么让我自己回来?!"

我狠狠地盯着他,心里有难过愤懑的情绪蔓延,甚至眼眶湿润,但是我知道这并不是为了他,而是为了年少时候那个满腔真心、热烈坦诚却受尽误解的自己。

"所以从来没有什么错过,就算元旦那天没有误会,我也会选择他。不,不是选择。"

虽然他曾经对我说过他让我挑。

泪光闪动中,我弯起了嘴角:"当他出现在我生命中,当他坦诚地说喜欢我,就不存在选择了,我一定会和他在一起。"

庄序似乎听得呆住了,怔怔地看着我。我眨去快要泛滥的泪意,没有再多说一句,决然地转身离开。

迎着夕阳快步走出夹道,右转便是回办公区的大路,然而我才跨出夹道转弯,便停住了脚步。

前面不远处,新厂的大门口,停了一辆熟悉的车。

是林屿森的车。

我拔足飞奔而去。

他什么时候过来的?又在这里等了多久?

来厂区的路上,我给他发了短信。

"今天A行的人来做贷后检查,其中一个人正好是我大学同学庄序。科长让我和他一起带他们去厂区,跟你报备一下。"

当时他很快回了消息:"好,我知道了。"

很自信很信任我的样子。

没想到他会开车到这里来找我。

我一口气跑到了车边,林屿森果然坐在里面。

他仰头靠在椅背上,好像沉浸在自己的思绪中,一时竟没发现我的

第二十九节

到来。我调整了下呼吸,敲了下车窗,他才惊动似的转头朝我看来。

他降下车窗,我看着他,突然不知道说什么了,林屿森好像也是。就这样彼此沉默了几秒钟,我先开口:"林屿森,我……"

"抱歉,我不是不相信你。"他浅笑着打断我说,"我相信你,但坐立不安。"

霎时我的心脏好像被什么力量狠狠地撞了一下,心痛的感觉一下子占满了整个胸腔,我迫切想说点什么,可是我知道,此时此刻说什么都是苍白的。

"你能不能过来一点点?"我要求他。

他神情疑惑地凑近了一点。

还是有点远,但是等不及了。我弯下腰,探进车窗,在他唇上轻轻印上了一吻。极快极浅地一触即走,我迅速地退回去,差点撞到头。

我佯装镇定问他:"还会吗?"

还会坐立不安吗?

林屿森望着我,慢慢地,唇角那抹极浅的笑意终于蔓延到了他的眼睛里:"坐着的时候不会了。"

什么?

我还没反应过来,林屿森已经推开车门下了车,高大颀长的身躯伫立在我面前,随即长臂一伸,把我带入了怀中。

我霎时明白过来了,我以为他会低下头亲我,然后告诉我,这样站着也不会不安了。

然而他却只是把我纳入了怀中,紧紧地包裹住,长长地叹了一口气,整个人仿佛一下子放松下来。

"这下全部安心了。"他说。

我心中顿时酸涩得无以复加,忍不住说了一声:"对不起。"

"为什么要说对不起,你已经做得够好了。"

"嗯。"我轻轻地应了一声,伸手回抱住了他。

被熟悉的温暖气息包围着,我的情绪渐渐平静了下来。

抱着我的人似乎有片刻没动静了，我抬起头，他的视线落在了我身后。察觉到我的动静，他低下头温柔地问："处理好了吗？"

我顺着他的视线回头看了一眼，迟疑了一下，说："我想再跟他说几句话。"

庄序不知何时也走出了夹道，他好像已经冷静了下来，站在出口，目光不避不闪地看着我走近，背脊越发地孤傲挺直。落日照在他身上，在他身侧投下了孤长的影子。

我在离他几步远的地方停下来，望着他说："庄序，你不喜欢我，喜欢一个人不是这个样子的，这只是你的错觉罢了。"

我不知道该怎么说才能表达我的意思，只是用最简单的语言描述着："喜欢是想给那个人一切美好，是小心翼翼，生怕自己哪里说错做错，让他不喜欢，让他误会自己的心意。是竭尽所能地让他开心，是不理智地美化他一切行为，绝对不会把他往不好的地方想。"

庄序说："你对他就是这样？"

我沉默了许久，最终还是轻轻地说："不，是曾经对你。"

他的身形仿佛在刹那凝固。

"他从来不会让我小心翼翼。"我对他说，"再见。"

我转头奔向了林屿森。

第三十节
JIAOYANG
SIWO

林屿森……

好像很淡定。

时间已经过去了好几天。我们照常上班，吃饭，逛街看电影……一切都很自然，就仿佛什么都没发生过。我有几次自己都想问林屿森，他难道不好奇我大学时候经历过的事吗？然而话到嘴边，却总是顿住。

直到有一天，林屿森突然邀请我一起去看房。

？？？

这是什么发展？

而且这房子的位置未免太偏僻了吧。

一路开过去的路上，周围越来越不见人烟，我翻出楼盘的资料查看："你带我看的房子究竟在哪里啊？"

"马上到了。"

果然转了个弯又沿着一条崭新笔直的公路开了几公里后，便看到了一处别墅小区，好像是已经建好的新楼盘。小区沿湖而建，环境优美，外观看上去很不错。林屿森来之前应该已经跟人联系过，一下车便有销售小哥来接待，热情地带着我们到了售楼中心。

到了售楼中心里面，销售小哥把我们带到沙盘边上，详细地介绍着楼盘情况。我听了一会，拉了下林屿森袖子，悄声说："你确定要买这里吗？"

我们公司已经在园区的角落了，这地方居然还能更偏，林屿森好好的园区中心的房子不住跑这里干什么？

"你是要投资吗？可是这里涨得起来吗？"我依旧小小声。

"不是投资，自住。"林屿森低头回答，学我轻声细语。

"自住？"

"对。这里虽然偏，但是刚刚我接了你从公司开过来，用了多久？"

我看了下手机上的时间："二十分钟。"

"差不多。前几天我跟你说过，年底我大概率去上海新建的脑外科研究中心工作。"

第三十节

"对啊。"五月份林屿森独自去了两趟上海，最终确定了工作方向，就是这个新建的号称华东地区最大的脑外科研究中心，据说有院士坐镇，实力十分雄厚。

"研究中心在松江，开车到这里五十分钟。"林屿森微笑地看着我说，"所以以后我虽然在上海工作，但是可以住在苏州，每天通勤。你从这里去公司上班也不会太远。"

我一愣，方便我上班又方便他通勤，所以他带我来看的是……我们未来住的地方？

销售小哥一直竖着耳朵在偷听，听到这里连忙插话大力推销："那这里的房子太适合你们夫妻俩了，正好处在你们两人公司中间，我保证这条路上没有比我们更合适的房子了！"

他激动地拿出手机点开地图给我们看："我给你们看看地图。"

"我们还没结婚，不过已经都是她做主。"林屿森示意了下我，"你给她看一下就好。"

售楼小哥立马撇下林屿森，一个箭步窜到我面前："那小姐你看看，我们这个位置是苏州这边最好的。再往上海方向也有其他楼盘位置不错，但是离你上班的地方就远了，你开车去上班会久一些，你未婚夫肯定舍不得。"

我不由看向我的"未婚夫"。他正悠然背手站在一旁聆听我们对话，此时对上我的目光，他微微笑了一下，朝我颔首，肯定地说："他说得对。"

他说得对。

他舍不得……

一瞬间我脸上竟有些烫了起来。好奇怪啊，明明已经在一起这么久了，有时候还是会被他这种无意中散发的矜持内敛的腔调蛊惑。

林屿森又补充说："不过今天来只是带你来看看，不要有压力。"

"嗯。"我定了定神，看向一脸期盼的售楼小哥，"那麻烦你带我们去实地看看？"

销售小哥积极地带着我们在小区里逛了一圈。房子和小区环境出乎意料地合乎我心意，是我向往已久的苏式园林风，然后因为地段偏远总价也不高，于是林屿森当场就付了个定金……

回去的路上我开始反思我是不是太冲动了，怎么被售楼小哥一怂恿就点头了呢？林屿森对此的回答却是："不冲动，毕竟是毛坯房，装修还要一两年，时间很紧迫。"

……

所以，你是以什么为倒计时的啊？

有什么我不知道，尚未通知我的计划吗？

总之就这样定了个房子。过了几天，我去他办公室跟他说完一项工作后，他又递给我了一叠简历。

"这什么？"

"最近公司一直在对管理层做调整，走了一些人，当然要补充新的进来，这是他们的简历，你看看。"

我坐在他办公桌对面翻阅着简历，先浏览了下照片，感觉有几个人似曾相识："这几个人好像看着有点眼熟？"

"去年你来我家撞见过。"

哦……去年去"质问"他那次，当时小戴也在的。

那都是他熟人了还有什么不放心的，我合上简历，轻松地说："你觉得合适就行啦。"

"不行。"

啊？

还给他简历的手停顿在半空中。

"别偷懒，以后是你和他们共事。"

……

好吧。

我把手缩回来，开始认真看起来。

一边看，林屿森一边跟我说着简历外的事情："他们有的是我大学认识的,有的是我进入盛远后认识的,盛远的当时都不太得志,但其实能力很强各有所长。我萌生回医学圈的想法后和他们沟通过,给他们做了安排——我有一些其他投资,从医几年也有一些人脉,这并不难。可是没想到外公会把光屿的股份给我,大家想法又都有变化,你可以先见见,用不用再说。"

我边听边点头,等看完了简历,我问林屿森:"我觉得都不错啊,但是他们愿意来苏州吗,毕竟上海的大公司听上去光鲜多了。就算不在盛远,你引荐的也是上海不错的公司吧?"

"给你看的都是对光屿更有兴趣的,当然,我描绘了下未来。"

……

懂了。

"那约个时间让他们来苏州面试吧,我会到场的。"

"好。"林屿森微微一笑,"不过曦光,这些都是中层管理人才,哪怕小戴如今也不能独当一面,我们还缺一个统领全局的人。"

"我目前还不行!"我立刻很有自知之明地举手。

林屿森:"……那你为什么要举手?"

我默默把手放下:"强调一下。"

林屿森无语片刻,继续说道:"我心中有个绝佳的人选,既有资历又有声望,是生产经营和资本运作的高手,而且据我所知,正好赋闲在家。"

"谁?"我当即追问。

"令堂。"一问一答间,他干净利落地吐出两个字。

在我目瞪口呆中,林屿森万分从容地询问我:"曦光,你看我什么时候方便上门拜会一下姜总?"

我:"……"

这谁能想到啊,林屿森第一次上门见我妈,居然是去招聘?

第三十一节
JIAOYANG SIWO

所以说，哪有什么从容淡定不动声色，背地里还不是偷偷谋划着买房见家长？！

还有，既然是去聘请我妈妈，为什么连我爷爷奶奶也要见啊？

周末去无锡的路上，我向林屿森提出了灵魂质疑，看他还能找出什么借口。

然而我显然低估了林总的无耻程度，只见他波澜不惊面不改色地回答我："当然是做下姜女士的背景调查。"

"……你赢了。"

林屿森莞尔。开了一段路，他突然说："是想去看看你小时候长大的地方。"

我转头看向他。

"还有，吃你吹过牛的那个烧饼。"

"才不是吹牛呢。"我努力压着笑容，"两块五一块，我请你吃。"

从苏州到无锡并不太远，一个多小时就到了我家。站在电梯里，我突然紧张起来，绞尽脑汁提醒他注意事项。

"这房子以前是妈妈买给外公外婆住的，他们生病过世后一直空着，妈妈离婚后我们才搬到这里。所以家里摆着不少外公外婆的照片，你看到别瞎问哦。"

林屿森松了松领子："知道了，还有呢？"

"没了吧。"我宽慰他，"你也不用太紧张，我妈平时都不在这里招待客人的，她自己有个小会所，平时都在那。她对你印象很好才会直接让你到家里来，这全靠我平时一直为你说好话。"

"谢谢你，回苏州我们结算下酬劳。"

林屿森看起来真的有几分紧张，自己开玩笑都不笑了。不过当电梯到了楼层，一走出电梯，他居然瞬间松弛，一下子气定神闲从容自若了起来。

我惊奇地看了他好几眼，心想难道这就是传说中的应考型考生？

我按响了门铃，门内很快响起了脚步声。门打开，居然是妈妈自己来开门。她今天显然也是严阵以待，绾了发髻，穿了正装，居然还化了妆。

"妈。"

"姜阿姨好。"林屿森在我喊了人之后，立刻礼貌地问好，把手中提着的礼物放在了玄关的地上。

妈妈上下打量了一番林屿森，脸上微微露出了一点笑容。我妈作为一个资深颜控，显然林屿森的外表已经过关了。

"你好，小林是吧，这么客气做什么，进来坐。"

妈妈把我们带到了茶室喝茶。茶室有一面落地窗，正对着蠡湖，放眼望去，一片湖光山色尽收眼底，室内新添了几盆花草，新鲜茂盛暗香萦绕。

"坐。"妈妈招呼林屿森坐下，"我这里有安吉白茶，西湖龙井，宜兴的红茶，你喝什么？"

"谢谢阿姨，红茶吧，这个好像没有喝过。"

妈妈点头，取了茶叶泡茶，一番动作行云流水，颇有气韵。我看得一脸震惊，简直有点怀疑自己的眼睛。我家这个茶室平时就是个摆设，老妈在家喝茶和我一样都是随便泡泡的，今天怎么突然流畅有章法起来了？她不会是这两天现学的吧。

"我也喝红茶好了。"我真怕我多选一种她就露出破绽了。

老妈果然没心思泡第二种，自己也喝起了红茶。茶香袅袅中，妈妈凝视着林屿森，好像在搜索着什么故人的痕迹。

"二十多年前，我有幸见过盛大小姐一次。盛大小姐风采佳绝，你身上有她的影子。"

林屿森放下茶杯，恭恭敬敬地说："我第一次跟妈妈提起曦光的时候，她跟我提过这件事。"

妈妈诧异："那时候我和曦光爸爸一文不名，找了关系才得以进去，你妈妈怎么会记得？"

林屿森说："她对叔叔阿姨印象深刻，说叔叔阿姨衣衫得体，不卑不亢，这样家庭出身的女孩子一定是不错的。"

妈妈登时一笑，又有些感叹："听说她一直在国外，现在过得好吗？"

"逐渐心宽体胖，但是风采依旧。"

"那就好，老了才知道，心灵平静比什么都要紧。"妈妈提起紫砂茶壶给林屿森续茶，林屿森不敢推辞，双手微微抬起茶杯。

放下茶壶，妈妈悠悠地说："有件事情，我想问问你是什么情况。"

"阿姨请说。"

"曦光爸爸有一位故友，一直依赖她爸爸照顾。这本来同你不搭界，但是前几天碰到曦光干妈的儿子家其，他突然跑过来跟我说他和你是好友，所有事情都是那位故友之女的错。他语焉不详地说了一通，还让我帮他向他妈妈隐瞒。他好像以为我知道些什么，我也不好多问，今天就想直接问问你，这是怎么回事？你怎么会跟那边有牵扯？"妈妈直视林屿森。

林屿森闻言看向了我。

我默默地双手握紧杯子："对不起老妈，有件事我忘记跟你说了。"

我这才把马念媛假冒爸爸女儿通过邵家其邀约，林屿森出车祸，不能再做外科医生的事情跟妈妈讲了一遍。

妈妈越听神色越冷，最后略带愠怒地责备我："这么重要的事情，你为什么不立刻告诉我？"

"我不想你不开心嘛。"我垂下头，"而且我好像越来越不在意爸爸那边的事了，所以也不是很想提。"

"聂程远越来越不是个东西，我知道了。"妈妈冷声说。

过了片刻，她神情缓和下来，看向林屿森："因为我们家的事情，对你造成这么大的伤害，阿姨很抱歉。"

林屿森失笑："阿姨，这实在不关你和曦光的事，世间恩怨如果要这么算的话，没完没了了。"

"你是个通透的人。"妈妈点了点头，复又叹气，"你也看到了，曦光从小就是这个性子，不记仇，生性柔软。我一直打不定主意，是让她安稳富足地过一辈子，还是接手家里的企业。所以才让她去苏州，放远一点，又不太远，看看她自己会怎么发展。没想到被你带着，倒有点事业心起来了。"

林屿森说："阿姨言重了，我没做什么，更没有带着她，是她自己做出意思来了。"

妈妈端详他："曦光说，你想让我去苏州帮忙？"

我在旁边一边啃坚果一边点头，这个我已经跟老妈提前通气过，不然林屿森突然提出多突兀啊。

"不是帮忙，是想请阿姨出山统领全局，帮助光屿和曦光站稳脚跟。"林屿森诚挚地说。

"我赋闲好几年，就是个每天和朋友喝喝茶的退休的人，你怎么会想起我？"

"阿姨风华正茂，退休是长三角商圈的损失。"

林屿森今天真是我前所未见的恭维，我偷偷观察了下妈妈的神色，她好像挺受用的。嗯，果然好话人人爱听，这技能我要学会。

林屿森继续说道："其实早年我听外公提过，阿姨才是最早提出布局光伏产业的人，可惜聂叔叔犹豫，错过了最初爆发的那几年。后来再入局，最好的时机已经过了。阿姨高瞻远瞩，眼光远胜须眉，我一直钦佩。"

"既然最好的时机已经过了，为什么你还要来找我？"

"只是前面一波最好的时机过了，以后还有更广阔的前途。最近国家出台了一系列政策，风向已经很明显，国家不会放弃新能源发展计划，区别只在于以后产品销往哪里。方法不同，但方向不会变。"

林屿森抬起手，主动给妈妈斟茶："在阿姨面前说这些无异于班门弄斧，阿姨当然也是看好光屿的，不然也不会鼓励曦光接过聂叔叔手里的股份。"

第三十一节

妈妈瞥了我一眼："你倒是什么都说。"

我讪讪地往自己嘴里塞了一块水果。

妈妈又看向林屿森："这么看好光伏行业，为什么不自己做，要把这前途让给别人？若哪天光屿发展壮大，你不会后悔？"

"前途人人看得见，但要走到那一步，中间千辛万苦，怎么能说是让给别人，也当然不会后悔。"

妈妈脸上掠过一丝意外："你年纪轻轻，能想这么透彻，十分不容易。"

"过奖了。请阿姨出山，还有另一层考虑。"林屿森说，"公司这边，我原本的打算是搭建一个管理团队，自己会参与重大决策，但是不会太过深入实务。但现在曦光真的做出兴趣来了，就又不一样了，她目前还需要有人帮她镇住场子。不然人心思变，核心管理团队若不是一条心，对曦光和公司的未来发展都不利。"

林屿森向来思虑周详，想得远并不奇怪，但是什么叫"现在曦光真的做出兴趣来了"？难道他一开始说让我养他真的是在开玩笑？！

而我就这么一步步自己上钩了？

我难以置信地看着他，林屿森安抚地拍了拍我："只是不想给你压力，希望你按照自己的意愿发展。"

我："……"

回头再跟你算账。

妈妈看着我们你来我往，眼中笑意闪动，神色却依旧淡淡的："你跟我说这些可打动不了我。"

"当然。"林屿森心领神会，从他带进茶室的一个礼包袋子里掏出一份文件来，"这是详细的合作条件和股权激励计划，请阿姨过目。"

我目瞪口呆，他什么时候准备的？

妈妈坦然接过，低头看起来，很快便浏览完毕，正要说话，突然看了我一眼说："曦光，你再去厨房看看，弄点水果来。"

？？？

我看看桌子上的水果，也没吃几块啊，老妈打发我也打发得太明显了吧？

"我不能旁听吗？"

"怕你胳膊肘往外弯。"

"……我才不会。"

话是这么说，但是老妈发话，我还是乖乖地起身去厨房切水果了。厨房里，阿姨正在准备午餐，我磨蹭了足够长的时间，才端着水果回去。

茶室里，他们似乎已经谈完了，两人并不在说话，只是安静地喝着茶。但是老妈一脸勉强，林屿森一脸苦笑，两个人好像都吃了大亏……

这是谈崩了？

不对不对，按照我对他们俩的了解，这是在演吧？

一瞬间我仿佛看到了精明的两只大小狐狸，博弈完之后闲着无聊还要玩一下心理战。我无语地放下果盘，问他们："你们谈完了？"

"谈完了。"

林屿森说着神色一敛，正色地对我妈妈说："以后光屿的一切，就辛苦阿姨了。"

第三十二节
JIAOYANG
SIWO

中午按原定计划在我家吃饭。餐桌上,妈妈跟我提起了光屿股份的事。

"你爸爸后来有没有跟你提过光屿的股份?"

"没有。"我摇摇头。

"的确是聂总的行事风格。"妈妈哼笑了一声说,"过几天去跟你爸爸说,我出钱帮你把光屿的股份买下来。"

"啊?"我意外。

林屿森目光微闪。

"啊什么?"妈妈伸筷夹了一块鱼,云淡风轻地说,"我出来做事,总会做出点名堂,不想日后让人说我占了他的便宜。"

刹那间,我感觉妈妈身上的气场都不一样了,好像又回到了和爸爸离婚前那般杀伐果断的模样。小时候我见惯了并不觉得如何,甚至那会偶尔还会有点距离感,可是现在时隔几年重新见到这样的她,心里却是一阵激动。

我突然无比清晰地意识到,我就要和老妈一起做事了,这竟然远比和林屿森一起共事更让我振奋。

"那花多少钱呢?"我请示她。

妈妈心情大概很好,神情竟然有些俏皮起来:"那就看他好意思收多少了。"

我登时懂了,忍住笑意说:"明白啦,姜总。"

林屿森在边上摇头一笑,夹了一块排骨到我碗里。

妈妈看到我碗里的排骨,瞥了一眼林屿森。又吃了一会,她状似无意地问起:"小林,曦光说你以后要从医,那是在上海?异地恋可不好谈。"

"是在上海,但不会异地。"林屿森彬彬有礼地回答,"我工作的脑外科研究中心在松江,到苏州不过一个小时左右,完全可以住在苏州。"

妈妈轻轻搅拌着自己面前的汤:"每天苏州上海的,你不觉得辛苦?不觉得牺牲太多?"

林屿森没抓住机会卖惨,实事求是地说:"松江到陆家嘴如果遇见上下班高峰,可能比到苏州时间还长,牺牲是完全谈不上的。"

妈妈脸上浮起欣赏满意之色,没再继续这个话题。不过吃完饭,大家起身离席的时候,她却突然说:"晚上在爷爷奶奶家吃完饭别急着回苏州了,在这边住一晚吧,一天来回太累了。家里头客房还是现成的。"

最后一句显然是对着林屿森说的。

我还没反应过来呢,那边林屿森已经第一时间欣然道谢:"谢谢阿姨。"

所以,林屿森这么快就得到了我妈的好感?

那我爷爷奶奶这样单纯的老人家,不到半小时就被他哄得眉开眼笑也是情有可原的吧……

到了爷爷奶奶家,陪着他们聊了一个多小时,我就赶紧抓着林屿森跑街上去玩了。再让他们说下去,我小时候的糗事都要被爷爷全倒光啦。

爷爷奶奶所在的鲸桥村算是个大村子了,有一条街,还有小学和农贸市场。小时候到了固定的日子,周围的村落都会过来赶集。

到了街上,我先带着林屿森去买那家我吹过牛的烧饼。

我们运气很好,去的时候正好一锅热乎乎的烧饼出炉。老板认识我,看到我回来十分欢喜,硬要送我两块,所以我和林屿森一人拿了一块烧饼走,一分钱都没花。

挥手跟老板道别,没走出几步,我便迫不及待地一口咬下去,还不忘招呼林屿森一起:"在这里不用考虑形象的,直接吃。"

林屿森相对斯文地咬了一口,我期待地问:"怎么样?"

林屿森说:"能打包吗?我们要不要预定一些带回苏州?"

我哈哈大笑:"不能,回去热了就没这么好吃了。"

我们吃着烧饼在街上逛了一圈。村里的街上并没有多少人，显得有些冷清，毕竟现在许多年轻人都去城里工作了。不过时不时会看见一些老人三三两两地坐在门口聊天，为午后的村庄平添了一抹温柔安详的气息。

路过小学的时候，林屿森问我："你小学是在无锡念的吧？"

"对啊，不在这里。念小学的时候妈妈把我接回无锡了，不过奶奶不放心，跟着我去城里照顾了好几年。"

所以妈妈对爷爷奶奶一直是心存感激的，哪怕现在和爸爸离婚了，和爷爷奶奶也没断了来往。这次我和林屿森到乡下探望，她也准备了不少保养品让我带过来。

不长的街道很快逛完了，林屿森若有所思地说："原来我们曦光是在这么小小的地方长大的。"

"我那时候也小小的嘛，觉得这里可大了。"我把手里剩下的烧饼解决掉，拍了拍手，"走，我带你去看鲸桥村的桥。"

小小的鲸桥村，其实也有自己的著名景点——一座保存完好仍在使用的明代三孔石桥。

石桥在村子的另一边，就叫鲸桥。和街上明显的现代建筑不同，石桥附近仍然保留着原有的风貌。我拉着林屿森的手，走过年代久远的青石板路，数着台阶，一口气跑到了石桥最高处。

平复着呼吸，我指着远处影影绰绰的青山，河岸两旁的绿柳白墙："你看，这里的景色是不是很美？"

林屿森顺着我指的方向望去，登时也被眼前的画面吸引："这是吴冠中笔下的江南。"

我点头："大师说不定也来过这里呢。"

接下来我们有一会儿没说话，一起沉浸在了这怡人的景色中。我趴在石桥栏杆上，林屿森站在我身边，一阵微风吹来，送来几声水鸟的叫声。我轻轻哼起了一首不知名的欢快的歌，林屿森听了一会，侧首看我。

第三十二节

"一回到这里，心情这么好？"

"来的路上也很好。"

"为什么这么开心？"

"不知道！"我任性地回答他，"你看上去也很开心啊。"

"我？"林屿森英挺的眉微扬，"我不是开心，是得意。"

"得意？"我好奇了，"得意什么？"

"得意找到了对的人，安排妥当了我的人生，马上可以重新拥有想要的一切。所以人生得意，意气风发。"他飞快地回答我。

我凝视着他，心中似有热潮要汹涌而出，转眼却"噗嗤"笑了出来："人家人生得意是喝酒，我们林总是啃烧饼。"

林屿森看上去更得意了："那我营养丰富多了。"

找到了对的人啊……

我想起刚刚奶奶用半生不熟的普通话夸林屿森——我晓得我孙女要带男朋友回来的，哪里晓得带回来这么好看灵光的一个。

不仅仅好看灵光呢……

所以我也找到了对的人呀，有什么了不起的嘛。

我心中荡漾着满满的快乐，不知被什么情绪驱使着，就问出了最近心中埋藏的那个问题："林屿森，你为什么从来不问我大学时候的事，你不想知道吗？"

"我当然想知道。"他望着我，声音平和得像此刻桥上吹来的风，"但是我想有一天，你突然问我想不想知道，才是最好的时候。"

我一瞬不瞬地看着他，觉得眼前的人英俊智慧无比："那我想想从哪里说起。"

于是在这个午后，在这个小时候长大的地方，我慢慢地跟他说起了那些在大学发生的事。

第三十三节
JIAOYANG
SIWO

真的很奇怪，以前我想起那个暑假的一切，像回忆一本内容丰富的书。每个细节都那么清晰，他穿着什么样子的衣服，他每一个细微的表情，我可以想好久好久。可是现在跟林屿森说起，却像在说一个故事的梗概。

我没有故意去模糊，只是很多场景，包括人物，突然就在我的脑海里失去了色彩。

我知道我曾经为之热烈过，快乐过，痛苦过，流泪过，可是只是记得。

情节还记得，却再也没有情绪。

但是听故事的人好像渐渐锁住了眉头，等我说完，已经被他拉入怀中紧紧地抱住。

"抱歉。"

我没想到林屿森会对我说抱歉。

"那时候，我应该早点来找你。"

我安安静静地靠在他怀里，想起我们俩之前的事，忍不住好笑："找我干什么？'报仇'吗？"

林屿森也笑："那估计会是个很可爱的故事。"

可爱吗？

我幻想了下剧情，那时候我还是个大三学生，每天安安分分上课，突然有个大帅哥开着一辆豪车，在校园里拦住了我。

然后呢？

我把前置剧情说给林屿森听："接下来你编了，你会说什么？"

我拉着他并排坐在石桥的台阶上，摆出一副认真编故事的架势。

林屿森却对我的剧情有点意见："一定要豪车吗？校外车能开进去吗？随意在别人面前停车会不会显得很没有风度？"

"……你别管，一人编一段。你快说你的第一句台词。"

"我说——"林屿森应该不具备什么文学天赋，冥思苦想了半天说，"我说，'同学，教学楼怎么走？'"

我深感震惊，提醒他："你是来报仇的呀，这样说会不会有点怂？"

林屿森有理有据："哪能一开始就暴露目的？肯定要伪装下友善，换取你的信任，最后再报仇。"

"……可是你在公司抓到我之后不是这么干的啊。你那会天天虐待我，我可讨厌你了，你不记得了吗？"

林屿森："……"

我叹气："林屿森你是不是对自己不太了解，你肯定不会问路的，换一个。"

他机智地转移话题："那我再想一想。你先详细说说，你那会多讨厌我？"

"呃……真的要说吗？"我观察了一下他的神色，小心翼翼地举例，"比如说，那次你带我和殷洁、羽华去上海静安寺你还记得吧？"

"记得，怎么了？"他略一回忆，不高兴地说，"不想坐我副驾驶座？衣服碰到你还要故意避开？"

？？？

什么人啊，记性这么好？

我赶紧说个更严重的淡化这些细节："不是啦，是我在静安寺许了个愿。"

林屿森显然意识到了问题的严重性，蹙眉看着我。

"……许愿你赶紧消失……然后周一上班就听说你车祸了。"

林屿森默默地把我的手抓过去，深深叹气："聂曦光，你真的……"

"误会啊误会，后来很快我们就好了嘛。"我赶紧安慰他。

"那我魅力还不错，都许愿我消失了，还能这么快变成我女朋友。"他自我开解。

"对啊对啊，你帅嘛。"

"……还有吗？"

"没了没了，怎么可能还有？很快我就发现你聪明优秀英俊潇洒举世难寻，愉快地投入了你的怀抱。"

第三十三节

"……好吧。"

他不太满意的样子让我有点好笑,但是我不能笑。

严肃。

"林屿森。"

"嗯?"

"我是想说,以前我的确喜欢过别人,但是现在真的过去啦。你心里不可以有一点点怀疑和不信任哦。"

林屿森说:"从来没有过不信任。"

"为什么?"难道我人品好的事这么外显?

我等待着他回赠我一通彩虹屁,没想到他却是侧身在我唇上亲了一下,然后站了起来,潇洒地往桥下走:"当然是因为我聪明优秀英俊潇洒举世难寻。"

我愣了几秒,气愤地跳起来追了过去:"林屿森,你懂不懂什么叫礼尚往来!"

回答我的是一阵愉悦的大笑声。

晚上我们在爷爷奶奶家吃了一顿热闹的饭,又跟着奶奶去亲戚家打了一会麻将——我怀疑奶奶是想要炫耀,才回到了无锡家中。

到家的时候已经十点多,老妈眼皮子底下,我也不敢熬夜,乖乖回自己房间睡觉了。

我以为我肯定睡不着,会偷偷跟林屿森打电话什么的,结果大概今天跑的地方多了,居然沾枕头就睡了。

一夜好梦,第二天神清气爽地起床,走到客厅,看到妈妈和林屿森已经坐在客厅里喝茶聊天。

"你大学念得这么早?"妈妈有点惊奇的声音。

"是,小时候还算聪明。"林屿森笑着说。

"曦光小时候也聪明的,从小懂事,吃饭也不挑食,从来不怎么要我们操心……"

这是一副再普通不过的画面,他们说的话也不过是家常,可是不知道怎么的,我望着这样的场景,却停住了动作,不想惊动。

我突然就更深地领会到了林屿森昨天所说的那句话的含义。

"我找到了对的人,安排妥当了我的人生,马上可以重新拥有想要的一切。"

就在这一刻,我彻底地感同身受了。

因为我也重新拥有了我想要的一切。

我重新有了一个完整的家。

而且我无比笃定,这样的画面,以后一定会常常出现在我眼前,我的妈妈,林屿森,他们会一直陪伴在我身边。

少年时候父母骤然离婚带来的伤口,我谁也不曾告诉过。可是今天却好像又悄悄地,无声无息地,谁也不知道地愈合了。

不,林屿森也许知道。

他所做的一切,都在告诉我,他知道。

我眨了下眼睛,克制住眼眶中突然泛起的热意,脚步轻快地朝他们走过去。

林屿森先看到我,他直接站了起来。妈妈转过头:"起来了?我早饭吃了,给你留了刀鱼馄饨,早上别人刚送来的。"

"你也吃了啊?"我问林屿森。

"还没有,等你一起。"

妈妈打趣说:"小林一大早光陪我喝茶了,我都听到肚子响了。"

真的假的?

我立刻聚焦到他平坦的肚子上,林屿森哭笑不得地说:"没有,别瞎看,阿姨在开玩笑。"

妈妈更乐了:"赶紧去吧。"

我拉着林屿森到了厨房里,打开冰箱,三盒刀鱼馄饨整整齐齐摆在里面。

我拿出馄饨,林屿森主动说:"我来吧。"

第三十三节

"好啊。"我把馄饨递给他,想了想,从橱柜里翻出一口平底锅,"你要加个煎鸡蛋吗?我喜欢加在馄饨汤里,这样汤鲜一点。"

"可以。我来煎,小心被油溅到。"

"不用啦,我会的。你煮馄饨弄调料,啊,你看看冰箱里有没有葱。"

分工完毕,我热锅倒油,开始认真地煎鸡蛋。

我家厨房在东面,有两扇明亮的窗户,此时太阳初升,阳光毫无遮挡地照了进来,把我们两人染成了金色。

鸡蛋在锅里滋滋地煎着,我抬头看了一眼窗外明媚的太阳,莫名地,就想起过年前林屿森写给我的那封信。

低头看看锅里圆乎乎的煎蛋,我嘴角不由弯了起来。

"林屿森,等我们有空的时候,去看看你妈妈吧。"

馄饨已经下锅了,林屿森正在调着馄饨汤。听到我的话,他顿住动作,转眸看向我,好一会眼睛中才跃起笑意,简单地回了个"好"字。

"嗯。"那就说定了,"还有,你记不记过年前,你给我发了一封邮件,要我送你一轮骄阳?"

"有吗?"他故作思考。

"有啊。"

我熄了火,小心地盛了一个煎鸡蛋到盘子里,然后递到他面前,给他看盘中那圆圆的标准的煎蛋,微笑着说:"送你。"

我想送你的骄阳,是光彩夺目的瞬间,是琐碎平常的一切,是每日清晨朝阳初升的第一抹阳光,也希望是许多年后落日的最后余晖。

我想把这些都送给你。

请你一定珍惜。

(正文完)

篇外
云起
JIAOYANG SIWO

光屿光伏作为国内光伏产业的标杆之一，掌门人姜云的时间一向是被殷特助安排精确到分钟的。这天上午，她才在苏州接待完重要人物的视察，下午立刻马不停蹄地赶到了无锡，跟这边的领导洽谈分厂设立的事宜。

洽谈出乎意料的顺利，比预期提前了一个小时结束。离晚上的宴请还有两个多小时。

姜云看了看时间，想起自己的老朋友丁红就住在附近，便打了个电话给她，问她是不是在家，方不方便上门喝个茶。

丁红接到电话惊喜万分，一叠声说："在在在……你等一下。"

她隔了一会，好像换了个地方，压低声音说："你怎么不提前说一声，王丽云在我这呢，才来了一会，我想办法马上打发她。"

不待姜云反应，她立刻又说："你别说你不来了啊，我跟你约了多少回了，难得你有空，必须见上。王丽云也是约了我好几回，我都不好意思了，才约她过来喝个茶。你说怎么这么巧呢。"

姜云话堵在嘴边，笑道："我今天过来办事的，没想到特别顺利，空出一段时间，这不赶紧问你了。你不用请人家走，都老熟人了，给我添个茶杯吧。"

丁红犹豫："你不介意？"

姜云大笑："我还介意她？"

丁红担心她跟王丽云碰面当然是有原因的。

王丽云是本地一家著名企业的老板娘，早些年一直跟姜云不对付。起因是有一次聂程远和她老公同在一个酒局上，另一个老板喝多了，莫名其妙来了一句："你们家这两个云，还是姜云做事更厉害些。"

隔天这话就传了出来。

突如其来被个男的这么点评，姜云气恼万分，先把聂程远骂了一顿，后来又在一个公开场合把这个老板夹枪带棒地冷嘲热讽了一番，才算勉强出了一口恶气。

本来这事就算过去了，没想到王丽云却因为这句话看她不顺眼起来，开始在背后说她小话。最早是挑她外表上的毛病，说她看着和聂总不配云云。后来聂程远有了外遇，她更是来劲，各种点评她的性格问题，太要强太爱出风头什么的。

姜云之前一直对她挺客气的，经此一事，觉得她为人处事糊里糊涂，反而不把她放在眼里了。这几年她在苏州，半脱离了无锡这边的圈子，自己一番事业又如日中天，就更不在意了。

不过姜云还是做好了可能被她阴阳怪气几句的准备。没想到等她到了丁红家，王丽云的态度竟然比丁红还热情。上来先是狂夸了一番她公司做得好，这也就算了，后面竟然连她长相都捧了起来。

就算人前一套人后一套，她这表现也太诡异了。姜云警惕起来，心里转了一圈对方公司的情况，总觉得她是另有所图。但是她家是做汽车配件的，生意上属实没什么交集。

等王丽云去上洗手间，姜云连忙问丁红："她这是怎么了？怎么连我越来越年轻好看这种话都说得出口了？"

以前可不是这样的。

丁红比她还迷惘："我哪里知道。不过她说得没错，你现在是看着大气又精神，气色特别好。"

"是吗？"姜云摸了摸自己的脸。她离婚后倒是注重过一阵子美容保养，后来去了苏州，忙于工作，这方面就懈怠了许多，没想到反而被夸了。

"当然，我什么时候说过瞎话。这也不奇怪，你公司业绩跟坐了火箭似的，人当然精神。都说女人需要爱情的滋润，我看金钱的滋润效果可能更好。"丁红开玩笑说。

"哎这不是钱的问题。"姜云摆摆手，脸上神采焕然，"我是做出劲头来了。今天来之前刚刚收到研发中心那边的好消息，我们在光电转换率上又有新的突破，当然目前还仅限于实验室，转化到生产上……"

她滔滔不绝地说起了工作上的事，丁红也不打断她，笑吟吟地听着。

姜云一会回过神来，十分不好意思："哎呀，我一说起这些就没完,你也不打断我一下。"

"打断你做什么,你这样我特别高兴。"丁红真心实意地说。

这时王丽云从洗手间回来了,姜云便不再说工作上的事。三人闲聊着喝了一会茶,王丽云突然连续瞥了姜云几眼,表情欲语还休起来。

姜云精神一振,心想终于来了。

果然没一会,王丽云就问她:"前几天发生了一件事,姜云你听说了没?"

这什么问法?

"肯定没听说啊。"

王丽云噎了一下,不过她此刻已经没耐心卖关子了,倒豆子似的说了出来:"我听说那个姓钱的女的,跑去远程总部大哭大闹了一回。"

姜云顿时被这劲爆的消息震撼到了,消化了一秒后,她目光炯炯地盯着王丽云,心想你倒是说具体点啊,说一半真的让人很心急。

当然她心急不是关心聂程远,纯粹是着急吃个瓜。

事业女性的生活也是需要调剂的,前夫的八卦就特别合适。

但刚刚王丽云把她捧得那么高,姜云有点想维持下形象,感觉不太好急切地追问。

好在丁红比她还心急,直接一问三连:"真的假的?还有这事?我怎么没听说?"

"当然是真的!"王丽云加重语气,受不了一点质疑,"你没听说不稀奇,聂程远不要面子的?肯定要遮掩一下,但是这种事情怎么瞒得住,估计过阵子就会传开了。"

丁红更急切了:"那你倒是说清楚啊,她为了什么去闹,逼婚?"

对呀对呀说清楚!姜云内心连连附和。

"啥呀,为了医药费。"王丽云说,"她去远程要医药费的,说聂程远不管她,进口药快吃不上了。"

"是不是消息有误?"这时姜云开口了,她双手叠放在腿上,端庄地说,"她之前就是一些小毛病,做手术能根治的,早该好了。怎么还闹到吃不起药了？"

"听说是又生了别的病。"王丽云八卦精神很强烈，早就弄清楚了，"我有个亲戚的亲戚是她的主治医师，说她的病不好治的，吃着进口药花费特别大。之前这边医生建议她去北京治疗，希望大一些，人家还看不上，说要去美国治的。结果呢，北京都没去成，这回还为了医药费闹到公司去了。"

丁红听着觉得不太合理："远程如今是大不如前了，好像听说现金流也有点问题，但聂程远不至于这点都拿不出来，怎么闹这么难看？"

"这就不知道了。"王丽云撇嘴，"不过那个女的也是蠢，她这么去公司一闹，不是更让人厌烦，断了后路吗？"

姜云云淡风轻地喝了一口茶："大概有路径依赖了。"

丁红一愣，随即恍然说："对，当年她不就是直接去远程总部，晕倒在聂程远办公室的吗？"

姜云点头。

当年钱芳萍就是用这招成功搞定了聂程远，所以大概以为现在还管用。然而此一时彼一时，人心和环境都大不同了，一样的招数如何能套用。

多年前钱芳萍出现的那会，她和聂程远其实在公司的发展方向上有许多矛盾，虽然最后都是她退让，但现在想来，聂程远心里显然还是产生了隔阂。那时外界对她的褒奖颇多，这些声音可能也加重了聂程远对她的不满。

于是他弄出一个第三者来，一方面是旧情难忘，一方面未必没有借此拿捏她的意思。他想让她变成他的选择之一，从此高她一等。

真是做梦。

不过这些人性幽暗之处，姜云并不是一开始就想明白的。

曾经她也一度想挽回她的婚姻，不管是为了感情、事业，还是曦光，离婚都不是最好的选择。

她不是没跟聂程远推心置腹地谈过，可他嘴上说着清清白白，行为上却丝毫不见收敛。

他难道不知道她有多痛苦多难受？他当然知道，但是他笃定她拿他没办法，吃死了她舍不得放手，只能忍受。

那时候周围的确都是劝她忍耐的声音。她知道大部分人甚至是出于好意，因为一旦离婚，等于她将一半财产和丈夫都拱手让人，这么多年的辛苦全都为他人做了嫁衣。

可是内心的屈辱感让她无法忍受。

她毅然决然离了婚。

但她没跟任何人说起过，刚刚离婚那会儿，她其实是后悔过的。毕竟二十年的相伴，怎么会没有感情没有依赖。

她觉得自己好像被活生生剥走了一块。

那段时间，白天她在人前表现潇洒，可午夜梦回，流泪时分，她甚至质疑过自己，是不是放弃得太轻易。

然而她心里更明白，越是如此才越要决绝地斩断。为了昔日的感情，为了财产忍气吞声饮鸩止渴，只会让自己麻木不仁，面目全非。

这几年，光屿因缘际会一飞冲天，远程的业绩却因为大环境的变化严重下滑。她和聂程远之间的形势突然就倒转了。

她最后一丝不甘也因此彻底放下。事实证明，哪怕她离婚，也并不代表把过去的一切拱手让人。过去的经历终究是自己的，而未来谁的损失更大，不过是看今日谁更强更风光。

只要强的是她，那不甘的就是聂程远。

丁红还是想不明白那个问题："进口药再贵，聂程远也不会付不起，北京的医疗资源以他的人脉搞定轻轻松松，怎么就至于闹这么难看？"

除非……

丁红心里有些猜测，却不想当着姜云的面说——她觉得聂程远多半是又有了新人了。

"还能为什么?"王丽云想法跟她差不多。

姜云淡淡地说:"以前一分病九分装是情趣,如今真病了就是累赘了。"

丁红和王丽云都是一愣,细细品味了一番,果然是这个道理。丁红拍了拍她:"还是你看得透。"

姜云笑:"谁生来懂这些,还不是遇着事之后才开窍的。"

丁红问:"他最近总没找你想复合了吧?"

"这什么老皇历了,我们都大半年没联系了。"光屿发展得越好,聂程远的联系就越少。姜云有时候真的觉得聂程远这人挺有意思的,她年轻时候怎么就没发现呢?

"你现在公司做这么大,市值都甩远程一大截了,聂程远哪里有脸找你。他心里肯定后悔死了,谁背后不笑他糊涂。后悔死他算了!"王丽云似乎想起了些什么,恨恨地说。

姜云若有所悟,目光瞥向丁红,丁红轻微摇头,表示不知情。姜云也就罢了,并没有兴趣打探太多。

王丽云意犹未尽:"我要是你,就再找一个条件好的年轻的对象,你还不到六十,找个四十多的我看也可以。男人能找年轻的,你也能找!"

姜云吓了一跳,感觉她好像把自己的愿望寄托在了她身上,连忙说:"那就不必了,我哪能给我女儿找这种麻烦。"

就算签了婚前协议也麻烦得很。她现在有事业有女儿,还有女婿使唤,干吗找个外人扰乱生活增加变数。

王丽云满脸可惜,简直恨铁不成钢。

丁红打趣说:"她的心里头啊,只有公司和她女儿。不过曦光的确有出息,我看她最近代表光屿公开露面越来越多了,这是为将来接班做打算?"

说到女儿,姜云顿时满脸笑意:"是,她现在完全能独当一面了,之前交给她的板块做得有声有色，公司上下都服气。"

又喝了一杯茶，看看时间，姜云起身告辞："我得走了，晚上还有个饭局。"

喝喝茶听听八卦是开心的，可是坐车去饭局的路上，姜云却渐渐有点不得劲起来。

一直在车里等她的殷洁敏锐地捕捉到了她的情绪变化，关心地问："姜总，怎么了？"

殷洁如今是姜云的特别助理，当年姜云一进公司她就跟着了，时间长了，公司、家里大大小小的事情她都知道。

她嘴严，又是曦光的好朋友，姜云并不避讳她，感叹说："曦光爸爸的事。"

她说了下刚刚听来的传闻，叹了口气说："我听着心里有些痛快，但是……又有点物伤其类。"说物伤其类其实不太对，但姜云自己也说不好心里那点感受。

殷洁却被她吓到了，连忙说："别啊，姜总，物伤其类不能这么用的，人家当年可一点都没考虑到同类。

"再说了，大家还都是人类呢，我们的'类'应该是人类中的好人。你可千万别有什么她很可怜之类的想法。网上现在流行一句话，叫尊重他人的选择和命运，万事都有前因后果的。"

殷洁劈里啪啦一顿说，一副生怕她犯糊涂的样子。

姜云好笑，解释说："我不是那个意思，算了，是我说错了。"她停顿了一下，"我是在想，人一定还是要靠自己，不要把对生活的期望寄托到别人身上，那要多大的运气才能一辈子不踩空。"

殷洁点头同意："那肯定，自己赚钱自己花多香，还被人尊重。我现在年薪全家族最高，感觉家庭地位都上升了，每次回家过年就跟众星捧小月似的。"

"为什么是捧小月？"姜云好奇。

殷洁眉飞色舞："那我要谦虚一点，留点进步的空间。"

姜云被她逗得哈哈大笑起来。

很快商务车便到了目的地。大酒店门口已经有好几个人在等着,姜云一下车立刻簇拥了上来。

姜云已经习惯了这样的场面,笑着和他们一一寒暄着,亲切而谦虚。

众人一起走进酒店。

豪华的大厅水晶灯高悬,大理石地面光可鉴人。

大概因为今天听到了聂程远的消息,姜云在这人群簇拥中,忽然有一瞬想起了从前。那会儿她还是聂程远的太太,经常陪同他一起出席类似的场合,虽然不是最中心,但也备受礼遇,十分风光。

她曾经为之骄傲,心满意足。

可当她如今自己成为中心,才知道,那会儿所得到的成就感和快感,不及自己众星捧月万众瞩目的万分之一。

她是姜云,光屿光伏的掌门人。曾经甘为附属,曾经中年失婚,曾经陷于低谷,但这些都已成过去,更无人在意。

因为她已站在了巅峰之上,这次,是自己的巅峰。

——云起 终

篇外序章
JIAOYANG SIWO

1

很多年后想起来,其实当年叶容并没有直接跟他说过聂曦光的事,许多事情,是从庄非嘴里听来的。

大四开学后的某个周末,庄序吃过饭洗完碗,准备出发去姜锐家上家教课,庄非跟着他到了门口,几度欲言又止。

他坐在凳子上换鞋,庄非终于还是说了出来:"哥,姜锐的姐姐是不是喜欢你?"

"你听谁说的?"庄序停住了系鞋带的动作,直起身来。

"容容姐说的。"庄非说完又急忙解释,"她没有说别人坏话,她就是有点难过。姜锐的姐姐好像很盛气凌人,明知道你们的关系,却在宿舍说一定要追到你。"

庄序沉默了一下,说:"我知道了。"

"哥你喜欢她吗?我觉得她这样……很不好。"庄非一直是个很柔软的男孩子,会用很不好来形容已经是他的极限了。

庄序没有直接回答他,复又俯身,仔细地系好了鞋带:"你把心思放在学业上,这些不该你过问。"

他站了起来,却没有立刻离开,片刻后,他垂眸说:"还有几节课,上完就不上了。"

说完他没看庄非就走了出去,却忘了像往常一样顺手带上门。

后来母亲住院,有一天,只有他和庄非在家里吃饭,庄非又提起了她:"哥,我们不能从姑姑那借点钱,把姜锐姐姐的钱先还了吗?"

庄序瞬间看向他:"为什么这么说?"

庄非嗫嚅了半天才说:"容容姐说你们学校都知道姜锐姐姐借钱给你的事了,不知道谁传出去的,但是……她在宿舍里说,她帮了你,你肯定要跟她在一起的。"

庄序捏住了筷子很久,依旧说:"你不要操心这些,好好念书。"

序章

可是也是庄非，在高考见了她一面后，就对他说："哥，我觉得曦光姐姐好像不是容容姐说的那种人。"

他才认识她就叫她曦光姐姐。

曦光……聂曦光。

她当然不是。

庄非见一面就知道了。

可那时候的他……

"你说你对我有误解，你凭什么对我有误解，因为别人的话？可是我们相处了整整一个暑假和一个学期，我做过那么多事，说过那么多话，你看不到听不到吗？凭你的智商情商真的看不明白吗？你只是不想明白，你只是有恃无恐。"

庄序站在陆家嘴办公室的落地窗前，不明白自己为什么对那么多年前的对话，记忆得如此清晰。

他知道他一个字都没有记错。

这些年，他也早已明白，她一个字也没说错。

身后传来轻轻的敲门声，把庄序从久远的记忆中惊醒。

"进来。"他沉声说。

新来的助理小楚推门进来："庄总。"

他向他汇报了几项工作，庄序站在窗前听着。最后小楚提到了A大的校庆："我们盖章后的捐赠协议学校已经收到了，财务这两天会按照协议打款。另外校方邀请您参加25号的捐赠仪式以及当天的晚宴。26号正式校庆，下午是学校的校庆大会，然后回商学院活动，晚上商学院也有聚餐。其他一些活动对接人发了详细的介绍给我，我打印出来了。"

小楚把校庆活动表递给他，庄序接过迅速过了一遍："捐赠仪式就算了，金额不大，没有必要。晚宴可以参加，你把25号下午的会议调整一下。"

小楚点着头，内心却十分不同意。个人捐赠千万还叫金额不大吗？虽然的确有校友捐赠上亿的，可那毕竟是年近六旬的老牌企业家了，自家老板才三十出头呢，实在不必对自己要求这么高。

"那是住南京一天吗？"

"嗯，你和我一起去吧。"

"好！"小楚喜形于色，响亮地应了一声。

他是A大的应届毕业生，能跟着老板回去参加母校校庆当然求之不得。某种程度上，他一毕业就进入这家著名的量化基金公司，怎么也算得上衣锦还乡吧。

小楚兴奋地离开了办公室，偌大的空间一时安静下来。

又站了片刻，庄序回到了自己的座位上。身前几面屏幕上快速地闪烁着隐藏着财富密码的数据，而身后，便是黄浦江绚烂昂贵的江景。

他的合伙人兼投资人，在他搬进这间办公室时曾经笑着对他说："庄，从今以后你也拥有黄浦江了。"

庄序只是笑笑。事实上，更多时候，站在这面落地窗前，他更觉得这是随时可以跌落的悬崖。

这样的心态也体现在了他的投资风格中，始终警惕隐忍，伺机而动，一击必中。

搁在一边的手机一直响着微信提示音，庄序回复完一封邮件，拿起手机，点开了微信。

A大商学院的微信群显示了数百条未读信息。

这个群平时非常冷清，最近大概是校庆在即，空前地热闹起来，今天大家更是热情高涨。而引发这波热情的原因，是一个多小时前一位留校任教的同学转发了两条校园网的新闻。

一条是光屿光伏向A大捐赠的新闻，另一条是序列量化基金的捐赠新闻。

转发完这两条信息，这位同学又发了一条@，略带官腔地说：@聂曦

光 @庄序 有你们是我们这届商学院的骄傲。

大概一个多月前,庄序就收到了A大百年校庆的邀请函。收到邀请函后他一直很平静,脑海中甚至从未出现过什么人。

直到他被@的这一刻。

那条带着@的微信早已被冲刷得不知所终。庄序看着仍在不停跳动的聊天记录,并没有往上翻看,所以也并不知道另一位被@的校友有没有回复。但是出于礼貌,他想他应该要客气回复一下的。

他点开文字输入框,然而"过奖"两个字才打完,聊天界面就跳出了两行新的信息。

那位和他一起被@的校友先是发了一个有些活泼的表情包,然后亲切得体地说:刚刚在开会,同学们过誉啦,应该的。

如果见字如面,这算不算故人重逢?

她好像和他一样从来没在校友群说过话。

至少他是第一次看见。

微信普及之后,同学之间有了各种各样的群,可是所有人都默契地从没把他们拉在一个群里,除了A大商学院这种公共校友群。

而现实中,苏州之后,他竟然再也没有碰见过她,甚至在同学的婚礼上。

不是他因事缺席,便是她出差错过。上天好像猛然斩断了他们之间的一切关联,连巧合都不再给与。

庄序握着手机良久,才把回复发了出去。

窗外夜色已降,他重新把校友群设定为免打扰模式,一时失去了继续工作的心思。手机上还有十几条未读信息,他站起身,拿起沙发上的外套,一边翻看着一边往外走。

Alex中午给他发了信息,说A行的前同事Shawn回国了,他请他吃饭接风,还有一些其他朋友,问他要不要一起。

庄序简单回了两个字：在哪？

2

陆家嘴滨江一家西餐厅里，Alex放下手机，故作平淡地说："一会还有一个朋友过来，是我和Shawn在A行的旧同事，大家不介意吧？"

当然没人介意。这种饭局朋友带朋友是常事，人脉就是这么扩展的，现在饭桌上就有两个人Alex是第一次见。

但同样的，也没人特别在意，只有Shawn问了一句："谁过来？"

Alex就等着他问呢，继续表情平淡地说："庄。"

Shawn一愣："谁？"

"庄啊，最早和我们一个部门的，后来没多久就去了投行部，你忘了？"

Shawn怎么会忘："庄序？"

不需要任何前缀介绍，在座都是金融圈的，立刻有人"嚯"地一声："不会是序列那个庄序吧。"

Alex点头："不然呢，这名字也不常见吧。"

Shawn惊讶极了："庄在A行也就一年多吧，我记得我出国前他就走了。你们现在关系还这么好？他这几年名气大得很，我在国外都听过他逆市增长的神话。"

Alex差点翻了个白眼："你这话说的，飞黄腾达了就不需要朋友了？"

其他人忍不住插入他们的对话："Alex你这么低调？这种大牛都能喊来，以前从没听你说过你和庄序这么熟啊。"

Alex谦虚："又不是我自己牛，说这个没意思，今天是Shawn回国，所以问问他来不来。"

Shawn连忙摆手："我可没这个面子，这是Alex你面子大。"

Alex心满意足，越发谦虚了："我们以前毕竟是roommate，所以亲近些。"

话虽这么说，但Alex心里却知道，如果不是多年前庄序突兀地找他，假借公务的名义和他一起去苏州，他们或许到今天仍旧只是泛泛之交而已。

他们真正成为朋友，就是从苏州那家光伏企业回来之后吧。

他至今仍然清楚地记得那天回来路上庄序的样子——他那么极力地维持正常，可是每个细节都支离破碎。

那天回上海后，他本来跟一个心仪的妹子有约，可是都走到小区门口了，却还是打电话放了妹子的鸽子，回到家里，抱着一堆啤酒敲响了庄序的房门。

后来Alex就莫名其妙地特别关注光伏板块。

他不知道庄序会不会这样。前些年光伏股特别好的时候，他甚至会突然想到，庄序会不会重仓这个板块？

那会不会联想到故人？

有时候他会觉得，其实庄序当年那么不顾一切地离开A行，也有那位故人的缘故吧。

大机构固然光鲜体面，但是太慢了。

Alex回顾往事的时候，桌上的话题已经转到了庄序的私人生活上。一位朋友好奇地问他："听说他还是单身？"

Alex觉得这应该没什么不可以说的："是吧，反正上次见面还是，不过上次吃饭已经是三个月前了。"

"我怎么听说DC的Grace是他女朋友？"

"你这什么年代的事了。"接话的是另一个朋友，"早分手了，他们谈了一两年吧，Grace现在找了一个小鲜肉，天天发朋友圈呢。"

沪上金融圈并不大，各种绯闻八卦传得飞快，有人知道并不稀奇。这位Grace，Alex是见过的，一起吃过一次饭，不过并不太熟。他跟庄序后来的女朋友更熟悉一些，Susie，一个潇洒漂亮的女子。是他在英国留学时候的同学，甚至他们就是通过他认识的，但一年前也已经分手了。

男人们说起八卦其实比女人起劲多了，渐渐就不着边际起来。Alex连忙阻止："你们别传谣啊，庄是正派人，哪有你们说的这些乱七八糟的事。他就谈过两个女朋友，都分手了。"

"是不是大佬渣了？"

Alex没好气："和平分手。"

和平到Susie后来甚至还会和他们一起吃饭。他私下问过Susie，怎么做到毫不介意。

Susie豁达地说："他又没犯什么原则性错误，为什么不能当朋友？"

"那你分个什么手？"

Susie反问："没什么错误就不能分手了？你什么陈旧的观念。"

Alex气急："我是怕你以后找不到条件这么好的男朋友！"

Susie摇头："他条件是好，优秀，英俊，富有，甚至周到绅士，谁能不爱。得到他真的很快乐，可是慢慢会觉得寂寞。Alex，我不想说这些扭捏老土的话，但是，他不够爱我。我不能煎熬我的心。"

"欢迎光临。"服务生的声音骤然响起。

Alex探身朝门口看去，果然是庄序到了，立刻挥了挥手。

同桌的人都顺着他的视线看去，一看之下，刚刚八卦得最起劲的朋友乍舌："真的帅得这么突出啊，我还以为公开的照片是P的。"

Alex："……"

他看着向自己走来的老朋友，一如既往的高瘦清俊，一出现便可以轻松改变整个场合的氛围。岁月在他身上留下的似乎都是善意的刻划，举手投足之间的姿态也越发松弛自如了。

庄序走到了桌边，自然地拉开了Alex身边的椅子："我来晚了。"

Alex笑呵呵地说："不怕晚，买单就好了。"

庄序淡淡一笑说："当然。"

一顿饭宾主尽欢，吃到九点多才散。Alex当然不会真的让庄序买单，毕竟是他组的局，庄序能来而且待到最后，已经让他很有面子了。

序章

在餐厅门口告别众人后，Alex问庄序："你走回去？"

庄序点头，他家就在附近。

"那一起吧，我回公司拿车，能一起走一段。"

一路上Alex频频哀叹："当初应该咬咬牙买这里，早上起码能多睡半小时。"

庄序微微调侃："这不像party king说的话，你以前哪个周末不是玩到快天亮。"

Alex鸡皮疙瘩起来了："别别，别提以前的称号，太挫了。现在年纪大了，要保养了啊。"

闲聊着走了一段路，两人路过了他们曾经租过的小区，脚步几乎同时缓了一下。

Alex看着熟悉的小区大门，突然笑道："其实那会我找你同居，是抱着不良目的的。"

说完发现有歧义，他连忙补救："不是那种不良目的啊，我已婚人士正常取向。我是说，那会儿我找你合租，是想着你长得这么帅，肯定很多妹子想认识你，要是我跟你住一起，我就能借着你多认识点妹子了。"

时过境迁，Alex已经可以笑谈过去的小心机。

"猜到了一点。"

"你猜到了？"Alex惊异。

"那会儿我跟你不算熟，你突然跑来跟我说房租你六我四，让我占这么大便宜，总有些原因吧。"

Alex一听顿时不满了："你也知道是大便宜，那你当时还考虑了那么久？！"

"40%的房租也不便宜。"庄序抬头望向自己曾经租住过的那栋楼——这是他那时候每天夜晚回家，走进小区时的习惯动作。

他笑了一下说："我肯定很挣扎。"

Alex望着他的神色，不知怎么，再度想起了那个掩埋在记忆里的人。

他记得在去苏州之前,他们在小区也遇见过那位聂小姐。那时候庄序看上去并不热络,甚至已经开始积极地加入他组织的社交活动了。

那庄序答应和他合租之前,知不知道她也住在这边?

庄序收回了目光,向前走去。

Alex追了上去,轻松地说:"庄,你和Susie分手一年多了吧?就没再谈个恋爱?"

庄序姿态也很轻松:"怎么,要给我介绍对象?"

Alex无语:"你还要我介绍?你现在接触的是什么圈层,哪个不是人中龙凤。"

"哎,你不会还没忘记苏州那个妹子吧,都几年了。"Alex算着时间,惊叹地说,"快十年了。"

Alex话说出口,以为庄序会立刻否认,谁知道他却垂眸淡淡地说:"我还没到忘记的年纪。"

但不是那种没忘记。

其实,若不是校庆,他觉得他好像已经不再想起了。

下一个路口他们便分道扬镳了。Alex看着庄序远去的高瘦背影,不知怎么就想起了Susie的话——和他在一起会寂寞。

此刻他却觉得,庄序未必想让女友失望,他也是认真地投入的,只是他本身的底色就是寂寞的。

随即他又觉得自己好笑。

他这位朋友现在可是管理着近百亿资金的金融新贵,个人身家恐怕也是九位数了,哪里轮得到他觉得人家寂寞。

而且如果能够年纪轻轻就拥有如此事业,哪怕寂寞一些,又有谁不愿意呢?

3

去南京的路上,小楚不停地发着微信。庄序用手机回复了几封邮件,一抬眼,恰好瞥到他灿烂的笑容。

小楚察觉到他的目光,立刻把手机收了起来,紧张地解释:"我暂时没什么工作,所以……"

"没事。"

小楚松懈下来,有些羞赧地说:"我女朋友在给我发消息,她也是A大的,还没毕业,正跟我说夜宵去吃什么。"

庄序微微点头。小楚正以为过关,却听他问:"河盛还开着吗?"

啊?小楚有些茫然。

看来早就关了。

"老林盖浇饭呢?"

"没听过。"小楚抓抓头。

"北门那家牛肉面馆?"

"这个有。"小楚连忙点头,"我和我女朋友经常去,就是老排队。"

老板神色间又有些走神,越临近校庆,他走神的频率越高。

小楚突然想起女朋友刚刚在微信里说的那些关于自己老板在大学时代的传闻。

据说,老板那会儿在学校里是有很多女生喜欢的。

小楚工作不久,身上还残留着大学生的天真和勇气,马上就忘了刚刚被老板抓包的紧张,按捺不住好奇地问:"庄总,你大学时候是不是很多女生喜欢你?"

庄序似乎诧异他这样提问,惊讶地抬眼。和那清冷的目光一接触,小楚顿时后悔了,完蛋了,他这个问题好像太没分寸了。

正当他懊恼的时候,庄序却回答了他:"不清楚,不过。"

不过什么?!你别卡住啊。小楚这回不敢追问了,眼睛却一眨不眨地盯着他,透露出十万分的好奇。

"倒是喜欢过同学。"

"后来呢？"小楚毫不犹豫地追问。这次不是他鲁莽了，老板此刻显然有倾诉聊天的欲望啊！他不追问就不称职了。

"后来？"

老板的目光有些飘忽起来，微微弯起嘴角说："后来，她说这是我的错觉。"

小楚十分震惊。

什么情况，老板这是表白被拒绝了？怎么可能？而且对方也太狠了吧，拒绝就拒绝好了，居然完全否定了老板的感情。

他目光落在眼前清俊至极的脸上，心里万分想不通，不说老板多优秀吧，光这身高颜值，居然有女生能拒绝？

他不由想起了老板那传奇般的发迹史，老板出身贫寒众所周知，难道那个女生拒绝老板是因为他读书时代太穷了？

这未免太没有远见了吧。

小楚马上代入了一些逆袭打脸的爽文情节——三十年河东三十年河西，莫欺少年穷之类的。他解气而笃定地说："她现在肯定很后悔。"

他几乎是立刻被反驳了。

"不会，她现在很好。"

啊？小楚感觉自己马屁拍到了马腿上，脸上有些讪讪的。

老板这时停顿了一下又说："不好也不会后悔。"

小楚心中一万个问号，好奇心不禁更甚了。这是什么样的妹子，能在拒绝了老板之后还让他这么维护她？

但是他老板显然不打算为他答疑解惑，说完这句话后，他似乎突然失去了聊天的兴趣，闭目靠在了椅背上。

小楚有几分拍错了马屁的尴尬，闭上嘴决定安静一阵子。

然而汽车又开了一段路，他却听到老板轻声说："是我的错，如果这次能见到她，我想我应该跟她说一声对不起。"

4

虽然明天才是正式的校庆日,但是A大已经有了校庆的氛围。
起码北门外的堵车已经开始了。
小楚探头在车窗外望了半天,前面依旧毫无通行的迹象。
"好像出了小车祸,幸好我们提前出发了。"他关上车窗,向庄序汇报。
庄序点点头,抬起手腕看了下表,吩咐说:"你和司机先去学校,一会我自己走过去。"
小楚一愣。他们的车辆报备过,是可以直接开进学校的。学校那么大,走到吃饭的地方可不近。
可是不待他多说,庄序已经推开车门下了车。

小楚的目光不由自主地追随着他,看着他高瘦的背影穿过车阵,又往前走了一段,最后站在了——牛肉面馆前?
小楚擦擦眼睛,什么情况?搞了半天老板是饿了要去吃面?
倒是可以理解,离晚宴还有三个多小时,他们中午赶着出来只吃了个三明治。
但是老板怎么可以吃独食呢。他也饿了啊,老板怎么不带他!
小楚郁闷了。

庄序在门口站了好几分钟,才伸手推开面馆的门,一阵熟悉的食物香味立刻扑面而来。
面馆看上去没什么变化,桌椅还是原来的木制桌椅,墙面浅浅地修整了一下,和以前大差不差。服务员依稀是以前的人,只是更胖了些,手脚仍旧利索。
不同的大概只有改成了先结账。收银大姐居然认识他:"我认识你,你是回来参加校庆的吧。"
"对。"

"长得帅的我就记得的,你看着发展得也不错。一个人来?还没对象啊?"大姐有一点点八卦。

庄序没有反感大姐的好奇心,笑了笑回答她:"还没有。"

"那要加油了。"

"会的。"他认真地说。

在柜台买完单,他拿着小票找位置。

大概来怀旧的校友不少,虽然已经过了饭点,面馆里仍有不少食客,只余几张座位空着。

庄序的目光落在其中一张空位上。

时光仿佛忽然倒流。

他想起那次他和叶容从学校出来,路过这里,他突然被拉进了这家面馆。那时候他心绪混乱,一边似乎在庆幸自己终于可以放下,一边却不由自主想着要怎么说服叶容不要在学校里张扬这件事。

直到她站起来,他才发现她也在这里。

那是大学时代他最后一次来这家面馆。

曾经的他几乎用尽全力去抵抗那份违背意志的感情,可是又会做许多莫名其妙的事。

还钱的时候会多还,暗暗期盼她问一声为什么,那他就可以顺理成章地告诉她,这是自己去股票市场走了一趟的斩获。

金融市场从来不存在稳赚不赔,他的本金甚至只有三万多,如果亏了,他就要花更久的时间才能偿还。还好他赚了,那一刻的兴奋和成就感,纵使他后来操纵着几个亿的资金游走二级市场攫取巨额财富,都无法比拟。那时候他明明打定主意要远离的,却又无比渴盼她惊喜崇拜的眼神,就像在姜锐家里,他从厨房端出一份炒饭时,她看他的那样。

何其拙劣又何其自我啊庄序,他对曾经的自己说。

往事在过去的某段时间曾反复放映,但许多事情,功成名就后才有勇气看清,才能剖析入微。

他也终于从一开始需要握紧手才能承受这样的自我鞭笞，到想起时会笑着摇头，到如今几乎已经不再想起。

目光在那张空位上停留了许久，他终究还是坐到了别处。

面条端了上来。

这次的牛肉面终于不像上次那样食不知味。现熬的骨汤鲜香浓郁，面条柔韧劲道，他平静地吃完，连汤水都喝了一半，才起身离开。

马路上已经恢复了通行，车辆行人熙来攘往，他隔着玻璃门望了一眼，拉开了门。门外有一名女子在打电话，背对着他，长裙长发，穿着米色的毛衣，很温柔的颜色。

他平平常常地就要走过她，像平日里路过每个擦肩而过的路人一样，可是却听见了她的声音——

"你停车停到哪里去了啊？"

庄序猛然停住了脚步。

"这么远啊，那我在门口等你……先不进去了，这个店招牌不起眼我怕你找半天，给你当个路标……啊？这也算侮辱你啊？"

她笑了起来，他看不到她的样子，可是觉得那笑容一定活泼快乐又轻灵。

"好吧好吧，那我进去等你，十分钟内没到你就承认你老眼昏花认路不行。"

她边说边笑着转身往里走，大概没想到背后站着人，猝不及防便撞上了他。

"啊。"她轻呼了一声。

庄序条件反射地想伸手扶她，却在下一秒无比克制地收回。

"没事没事，我撞了下人。不好意……"她跟手机那边解释着，抬起头似要说抱歉，却在看清他时霎时收了声。

千山万水，星夜兼程。看进她眼睛的这一刻，他知道，关于她，他终于到达了终点。

真是太好了，他想，她毫无芥蒂地来到这里，她毫不在意。

他没有在她幸福的人生中留下任何划痕。

他觉得自己心中好像有个隐秘的角落彻底被打开，他笑了，望着她，说了一声："对不起。"

她一怔，似是意外，又似是明白，最后展颜一笑，对他说："没关系。"

——序章 终

篇外
与光
JIAOYANG
SIWO

1

聂曦光在车里待了快十分钟还没下车。

送她来上海参加这场慈善拍卖会的司机是她妈妈用了快二十年的老员工，待她亦如长辈，不由提醒她："曦光，我看时间差不多了，你得进去了。"

她知道拖不下去了，应了一声，伸手打开了车门。

这是一场由上海几个著名收藏家联合举办的慈善拍卖会，邀请函发给了姜云，她没空来，所以派了她来参加。

这本来是个轻松的任务，社交一下，随便拍个东西就可以走了。问题是，车子刚到停车场，她就看到了林屿森。

她分手了三个月的前男友。

怎么这么巧又碰到他？

这是分手后第三次碰见他了。

她应该有所预料的，这样的慈善拍卖会当然会邀请盛远。如今盛行杰被放逐，林屿森回归盛远总部，俨然一副接班人的架势，他代表盛远来参加再正常不过。

可是她还是有些退缩。

她也不知道自己在怯懦什么，三个月前明明是他莫名其妙提出的分手，她为什么要心虚？

而且，今天或许会像前两次那样，虽然在同一个场合但是招呼都不用打呢？她实在不用提前担心。万一要打个招呼也没什么，这次她正好有事情要问他。

做好了心理建设，曦光脚步坚定了很多，到了会场门口，将手中的邀请函递给门口的服务生后，立刻出现了一位笑容甜美的李小姐来接待她："聂小姐，刚刚刘叔还问起你呢。"

刘叔是这场拍卖会的主办人，也是其中最有名的艺术品收藏家。

"抱歉，我来晚了。"

"不晚，七点半才正式开始，在三楼。"李小姐带着她往楼上走，"现在二楼有个冷餐会，你远道而来辛苦了，吃点东西缓缓。"

曦光点了点头。

二楼的冷餐会布置得很有特色，中央古朴华丽的长桌上摆着各式各样精美的点心和酒饮，周围一圈同样风格的玻璃柜，展示着这次要拍卖的藏品，客人可以边享用美食边欣赏。

曦光被李小姐带着找到了刘叔，又被刘叔带着介绍了不少人。一番应酬寒暄后，她终于脱身出来，取了几块点心坐到了角落。

点心很美味，吃了几口，她开始有点心不在焉起来。

餐会的场地并不算很大，为什么一直没看见他，难道他提前去了三楼？

那待会儿如果座位隔得远，今天是不是……又可以完美避开？

这似乎是值得高兴的事，可是不知怎么的，她反而更提不起劲来了。

在室内待着越来越闷，曦光发现外面有个露台，昏昏暗暗的应该没人，干脆起身向外走去。

推开露台的门，清冷的空气让她精神一振。她拢了拢衣服，往里走了几步，正想找个地方待着，却突然瞥见露台角落，灯光照不到的地方，依稀站着一道人影。

她瞬间凝住。

不用细看，她就知道那是林屿森。

他修长的身躯半倚在栏杆上，微微垂着头，露台微弱的灯光只照到他身前的地方，他整个人隐没在黑暗中，无端让人觉得莫测。

曦光一时进退两难，不知道应不应该掉头就走。

黑暗中的人似乎察觉到了她的动静，抬头朝她看来。

曦光下意识地抢先开口："我不知道你在这里。"

他淡然地点了下头:"这里不是我的地盘,你随意。"

他说着站直了身躯,举步走出阴影,似要离开。

他竟然要走?

"等一下,我有事情问你。"来不及多想,错身而过之际,曦光连忙将心头的疑问抛出,"马念媛坐牢是你做的吗?"

他倏然停住脚步,目光转向她:"你在质问我?觉得她罪不至此?"

"不是,但是……"

曦光还没将自己模糊的意思表达出来,林屿森已经肯定地答复了她。

"当然是我,也许她罪不至此,但是曦光,你看不出来吗?"林屿森温柔地说,"我是在迁怒啊。"

他居然还是喊她曦光。

聂曦光被他这样一句温柔至极的曦光叫得心神震荡,迷惘地顺着他的话问:"你迁怒什么?"

"迁怒因为她,让我先发后至,让我的女朋友迟疑。"

"我没有迟疑!"聂曦光脱口而出。

她忍不住再次解释:"我只是很震惊,只是,有些遗憾,但是我从来没有想过和你分手跟他在一起。"

就在几个月前,庄序不知怎么发现了元旦的时候她和林屿森还没在一起。他竟然在她上海住处的楼下拦住她,质问她,要她和林屿森分手。

她当即拒绝了他。

"你可能不了解我,只要我决定和一个人在一起,就绝对不会三心二意。他不负我,我不负他。"当时她是这么坚定地回答他的。

可是庄序的笑容却很嘲讽:"不会就不会,何必赌咒发誓。"

他的视线越过她,朝她身后微笑,她心中一惊,立刻回头,林屿森站在不远处。

庄序看着林屿森:"恭喜你,她对你,有责任感。"

"责任感。"庄序笑着又把这三个字说了一遍,看向林屿森的目光近乎高傲,"你不提分手,她永远不会提。"

"你胡说!"她气愤地反驳了他。

而林屿森当时很平静,甚至只对他说了四个字:"你才知道?"

事情明明就这样过去了啊。后来她特别努力地做好一个女朋友应该做的事,可是林屿森却问她:"曦光,你为什么总想要补偿我?为什么会觉得你对不起我?"

她有吗?

心头茫然之际,林屿森轻笑了一声:"问完了?"

"那轮到我问你了。"

曦光心中竟然升起一丝期待:"你要问什么?"

"我记得你不喜欢参加这样的宴会。"他的声音清清淡淡的,"但这是这几个月我们第三次遇见了,为什么?为了见到我?"

曦光从没探究过自己最近这么积极参加各种活动的原因,陡然被他这么直白地一问,恍然大悟的同时又生出一种被窥破的难堪。

她欲盖弥彰般急速地否认:"不是,当然不是。"

"是吗?那是我想太多了。再见。"

他随意地一点头,退开一步,无比干脆地离开了露台。

曦光愣在那里,简直不敢相信他就这么走了。

好一会儿,她才又听到脚步声,她有些希冀地回头看去,却是一位服务生前来通知她:"聂小姐,拍卖会马上就要开始了,可以入场了。"

拍卖会的嘉宾大都已入座。曦光被服务生带到了自己的位置上,才坐定,就看到了右前方林屿森西装笔挺的背影。

他正和身旁的女子聊着天。

这名女子曦光认识,之前在其他场合见过,是盛家的世交之女,依稀记得是姓吴。

他们显然聊得不错,吴小姐一直言笑晏晏。

曦光微微咬唇，低下头翻看着拍卖手册。

很快拍卖就开始了。

曦光有些心烦意乱，打算随便拍点什么，完成任务后早点离开，于是第二件拍品她就举了牌。

那是一颗鸽子蛋大小的夜明珠，夜明珠云云多半是个噱头，但灯光熄灭后它的确会发出荧光，起拍价二十万。

结果没想到居然有人和她同时举牌，还恰巧是那位吴小姐。

拍卖师由刘叔本人兼任，氛围流程比较随意。看到两人同时举牌，他登时兴奋起来。

"曦光和娜娜几乎同时出价，但是曦光好像早了一点，那么娜娜你要加价吗？"

吴小姐微微笑着，再次举牌。

"25万。"

曦光本性不喜和人争抢，但一来这是慈善拍卖，价格高些无所谓。二来，她现在代表的是她父母，有人竞争她便放弃，未免显得太弱，于是又举了一次。

"30万！"

就这样一路喊到了60万。

曦光觉得差不多了，便打算放弃了。刘叔问了两声，曦光微微摇头表示不再加价，快要落槌的时候，曦光右边一直没有动静的年轻男子却突然举起了手。

刘叔激动地说："现在又出现了新的竞拍者，我们小贺先生，65万。娜娜你还要加吗？"

曦光有些意外地看向右边那位贺先生，不料却恰好撞上他带笑的目光。他注视着她，彬彬有礼地说："聂小姐看来真的很喜欢这颗明珠，如果我有幸能拍下，希望你能允许我把它送给你。"

啊？

这什么情况？曦光懵了。这位贺先生她刚刚才在二楼的冷餐会上认识,只是被刘叔介绍着互通了姓名,点了个头而已,怎么就要送她这么昂贵的礼物了?!

这当然万万不能接受。曦光心想那还是她自己拍下来吧?然后随便说点什么家里的任务之类的拒绝他?

新的竞争者显然让吴小姐犹豫了,曦光打定了主意,正要举牌,下一秒,却听到刘叔更高亢的声音。

"70万!"

"林先生出到了70万!"

林先生?

林屿森?!

曦光的手顿时僵住,她霍然朝林屿森的背影看去,却只看见吴小姐望向他的乍然惊喜的眼眸。

曦光忽然觉得自己有些可笑。

尤其想起自己刚刚在露台上急匆匆向他解释的样子,更觉得难堪起来。

"80万。"

新的报价声惊醒了曦光。

刘叔的语气越来越高昂:"贺先生直接出到了80万!还有……"

"100万。"林屿森说。

贺先生面色显而易见地凝重起来,因为他已经感觉到林屿森势在必得。

曦光生怕他还要竞价,连忙说:"贺先生,谢谢你的好意,但是不用了。其实我并没有多喜欢,只是觉得盒子很好看。"

她勉强开了个玩笑,顿了顿说,"如果真的喜欢,是不会放弃的。"

曦光随便拍了个东西,连夜回了无锡。来回奔波了一天原本非常疲惫,可洗漱完躺在床上,她却怎么也睡不着。

突兀的手机铃声将她的思绪从半空中拽回,她伸手摸到手机,散漫地看了一眼，霎时坐了起来。

来电显示"司机小王"。

这是林屿森的司机，以前恋爱的时候为了方便她存了号码，分手后也没有特意去删。

他怎么会半夜给她打电话？

足足过了十几秒，曦光才按了接通。小王有些憨厚的声音响起："聂小姐，你还没睡吧？不好意思打扰了，林总让我给你送个东西过来。"

聂曦光想到了什么，又有点不敢相信。她心头一阵猛跳，飞快地跳下了床，披了件外套就往楼下跑。

小王已经在楼下等着。

但是只有小王。

她说不上失落还是什么的，平复着有些急促的呼吸。

"聂小姐。"小王将手里提着的纸袋递给她。

曦光看着袋子上印着的慈善拍卖会的字样，迟迟没有动。

猜想已经被证实，但是她仍然问："这是什么？"

"这个我不知道。"小王摇摇头，"林总让我送过来的，务必送到你手里。聂小姐你收了我就回去啦。"

已经很晚了，人家还要赶回去，曦光不好再拖拉，伸手接过了袋子。

回到卧室，曦光坐在梳妆台前，瞪着桌上的袋子良久，才从里面取出了东西——果然是一个木质珠宝盒。有些特殊的颜色让曦光一眼认出就是装着那颗夜明珠的盒子。

她压抑着心跳，轻轻地打开了盒子，然而下一秒，却彻底呆住了。

这竟然是一个空盒子。

里面空空如也，什么都没有。

曦光愣了一会，甚至往纸袋子里看了一眼，才确认林屿森真的连夜派人送了个空盒子给她。

一瞬间她怒气上涌，这算什么，大半夜的戏弄人吗？！
她再也忍不住了，拿起手机便打给了林屿森。
电话几乎是立刻被接通。
曦光冲口而出："你送我一个空盒子什么意思？"

"收到了？"那边的声音却显得云淡风轻，"本来想把明珠一起送给你，但是舍不得。"
舍不得？舍不得送给她？那他要送给谁？
曦光想起坐在他身边的吴小姐，想起林屿森出价时，吴小姐望向他的惊喜眼神。
难道他把夜明珠送给了吴小姐，然后送个空盒子嘲讽她？
因为她说了一句盒子漂亮？
这样可怕的猜测让曦光一阵窒息，手指不自觉轻颤起来。她知道她最好不要问，答案不是很明显了吗？可是她近乎自虐似的，想听到他亲口说出来。
"所以呢？难道你拍一个东西还要送两个人？"
"两个人？你以为我还会送给谁？"林屿森似乎有些惊愕，随即轻笑一声说，"我把她留下了。"
曦光愣了愣。
"现在就放在我掌上。"他声音低低地说，"曦光，她会发光。"
曦光握着手机僵住，说不出任何话来。片刻，话筒里传来嘟的一声，又是他先挂断了电话。

聂曦光猛然惊醒，从床上坐了起来。

2

林屿森是被枕头砸醒的。
饶是林博士平时机智无双，醒来的一瞬也有些茫然。

他坐起身,开灯,迷惘地抓着枕头,看到老婆怒气冲冲地谴责他:"你居然跟我分手!"

这下他只花了一秒就反应了过来:"你做什么梦了?"

林博士平时虽然专心学术,但是精力充沛,见闻非常驳杂,自然在网上看过妻子梦见丈夫出轨醒来后怒打丈夫之类的逸闻。

没想到居然会发生在自己身上。

他顿时兴致勃勃,抓住自家老婆的手追问:"你梦见我们分手了?还是我提的?为了什么?我的理由充分吗?"

他这么兴奋干吗?至于为了什么?

呃……

这个梦有点清晰,清晰得曦光都有点不好意思起来。真是奇了怪了,都结婚好几年了,居然还梦见大学时候那段往事,这怎么都不太说得过去啊。

但是这时候讲究一个理直气壮,曦光气呼呼地说:"就算你理由充分,就可以提分手吗?"

"你说得对。"老婆的蛮不讲理就很有几分道理,林屿森熟练地肯定老婆,然后拿出搞科研的精神抽丝剥茧,"你说分手不是离婚,梦里的时间是在我们结婚前?"

聂曦光:"……"

不能被他这么分析下去了,她机灵地跳过这部分,引导他关注别的:"这是个梦,怎么会有分手理由,只有你无理取闹的情节。"

林屿森果然被转移了注意力:"我怎么闹的,说来听听。"

"梦里我去参加一个慈善拍卖会,你也去了,然后你对我各种爱答不理。"曦光大致描述了下梦境,重点把他的恶行恶状添油加醋了一番,"然后到了拍卖环节,你坐在我前面,很没公德心地一直和旁边的小姐姐聊天,扰民极了。最过分的是,我喜欢一颗夜明珠,想要拍下来,你居然砸了一百万从我手里抢走了。"

"我应该是……送给了你?"

"对,送给了我。"曦光磨牙说,"送给了我一个盒子,把珠子自己留下了!"

"唔。"林屿森品鉴了一下,"梦里这位……兄弟颇有点手段,分手了这么做,他的目的……"

"你。"

"什么?"

"你。"曦光强调。

"……"林屿森从善如流地把锅背上,"我的目的多半是以退为进。"

"这么说来,我的最终目的还是要得到我们聂小姐,那么曦光,梦里的我为什么会提出分手?"

聂曦光:"……"

不是,他怎么又绕回来了?

但是回想起梦境里那个理智到甚至有些冷酷的陌生的林屿森,她心里也好奇起来。

她默默躺回床上,顺手把林屿森拽回身边,靠着他问:"屿森,如果,很久很久以前,就是我们刚刚在一起的时候,我有点不坚定,有点犹豫,你会怎么做?"

林屿森顿时明白过来,有些惊讶,但是微微笑着十分肯定地说:"你没有过。"

"这么肯定吗?"曦光都有点不服气了。

"我有基本的判断力。"他的手掌轻轻抚着她明亮的眼睛。

这双眼睛看着他的时候永远流光溢彩,荡漾着快乐明亮的光芒。这让他怎么去怀疑,去不坚定?

"那如果呢?"

"如果。"林屿森叹气,看来得不到答案她是不肯睡觉了。

他无奈地搂住她,思考了一下说:"我的女朋友是一个真诚善良又聪明柔软的姑娘,对这样的女孩子,我想不适用任何技巧。如果她一时不够喜欢我,我也会正大光明地赢得她,而不是折磨她。"

"而且,我怎么敢冒险,用彻底失去来当作赌注。"

聂曦光目光闪闪地看着他。她没有跟他说,虽然醒了之后她一直表现得活泼闹腾,可梦境里那种压抑窒息的感觉似乎被她带了一些到现实中,盘旋在她心头一直没有散去。

直到此刻。

心底那一点点阴翳终于彻底被驱散,暖洋洋的感觉重新占满了她身躯的每个角落。她凑近在他唇上亲了一口,心满意足地宣布:"睡觉!"

林屿森:"……"

他默默伸手关了灯。

然而只安静了一分钟,她又扯了扯他睡衣的袖子。

"屿森。"

"嗯?"

"这个梦虽然乱七八糟的,但是有个事情还是挺好的。"

"什么?"

"你看虽然梦里我们暂时分手了,但是最后肯定还是会在一起的对不对?"

"当然。"

"那我就有那颗夜明珠和那个漂亮的盒子了啊!你拍了下来,最后还不是我的?珠子和盒子都挺漂亮的呢,可惜是个梦!"

曦光情真意切地开始惋惜起来。

一会她又冒出新的问题:"夜明珠是不是荧光石?会不会有辐射啊,价格好像也有点贵?不过慈善拍卖倒是无所谓……"

林屿森:"算了,你别睡了。"

他长臂一伸,单手便把她抱到了自己身上,曦光短暂地惊呼一声,瞬间就被消了音。

被人按住用力亲吻的间隙,曦光努力挣扎出一丝空间为自己申冤:"等一下!你什么理由啊……我就说了几句话而已。今晚的额度已经用完了！"

她气喘吁吁。

林屿森翻身将她困在了身下，严肃地回答她："扰民。"

聂曦光："……"

谁扰谁啊！

聂曦光筋疲力尽，终于再度沉沉睡去。黑暗中，林屿森凝视着她，久久没有睡意。他刚刚没有告诉她，其实他前些年从外公口中听说过这么一场慈善拍卖会。

曦光怎么会梦见？

或许她听岳母提及过？

这个梦颇有奇怪之处，林屿森沉吟半晌，最终放弃了探究。

毕竟这并不重要。

重要的是，此时此刻，这颗会发光的明珠，正与他相伴，在他怀中。

——与光 终

图书在版编目（CIP）数据

骄阳似我. 下 / 顾漫著. —北京：九州出版社，2024.1
　ISBN 978-7-5225-2502-0

Ⅰ.①骄… Ⅱ.①顾… Ⅲ.①长篇小说－中国－当代 Ⅳ.①I247.5

中国国家版本馆CIP数据核字（2023）第231469号

骄阳似我. 下

作　　者	顾　漫　著
责任编辑	张皖莉
出版发行	九州出版社
地　　址	北京市西城区阜外大街甲35号（100037）
发行电话	（010）68992190/3/5/6
网　　址	www.jiuzhoupress.com
印　　刷	三河市中晟雅豪印务有限公司
开　　本	880毫米×1230毫米　32开
印　　张	8.5
字　　数	270千字
版　　次	2024年1月第1版
印　　次	2024年4月第1次印刷
书　　号	ISBN 978-7-5225-2502-0
定　　价	36.00元

★ 版权所有　侵权必究 ★